正遇花开

清晴可喜

文河·著

SPM 南方出版传媒 广东人民出版社

·广州·

图书在版编目（CIP）数据

清晴可喜 / 文河著．— 广州：广东人民出版社，2017.10
ISBN 978-7-218-11976-2

Ⅰ．①清… Ⅱ．①文… Ⅲ．①散文集－中国－当代
Ⅳ．①I267

中国版本图书馆 CIP 数据核字（2017）第 192371 号

Qingqing Kexi
清晴可喜
文河　著

出 版 人： 肖风华

责任编辑： 马妮璐
装帧设计： 白砚川（@白砚川）
责任技编： 周　杰　易志华

出版发行： 广东人民出版社
地　　址： 广州市大沙头四马路 10 号（邮政编码：510102）
电　　话：（020）83798714（总编室）
传　　真：（020）83780199
网　　址： http://www.gdpph.com
印　　刷： 北京旭丰源印刷技术有限公司
开　　本： 787mm×1092mm　1/32
印　　张： 7　　**字　数：** 176 千
版　　次： 2017 年 10 月第 1 版　2017 年 10 月第 1 次印刷
定　　价： 35.00 元

如发现印装质量问题，影响阅读，请与出版社（020－83795749）联系调换。
售书热线：（020）83795240

目录

辑一 雪隐鹭鸶

辑二　好书过眼

辑三 山色在掌

雪隐鹭鸶

辑一

踏过樱花第几桥

樱花开得早，此时天气尚有余寒，海棠欲破，早梅已残，只有柳条冒出新芽，大自然的花事刚刚拉开序幕，还没达到桃红梨白、群芳争艳的高潮。樱花没有其他太多花木的映衬和烘托，需要靠数量才能形成自己的声势，一株株分散地看去，倒显得单薄。

有很多人拿着手机在樱花树下拍照、发微信。一个年轻女人也在给她的女伴拍照，她拍照时，头微微上仰，长发倾垂下来，眉目澄澄如画，体态非常修美。她的存在给人一种很舒展的感觉，从容自然，仿佛她的整个人生都没有什么逼仄局促的时候。

男女之间总会有一种难以言传的微妙，眼光流盼，刹那不经意的微微一接，似乎发生了什么，又似乎什么都没发生，只是一种无法去分析的感情，一种花朵开放般的恍惚。天空蓝蓝的，草色遥看近却无，但最可爱的却正是这种未成形的潦潦草草的春意。有人问禅师，莲花未出水时如何？答，莲花。说是莲花，其实似是非是。但又可以说是莲花，因为虽未出水，但它却包含着一切，连莲叶也包含在内，是一个不断成长的整体世界。它出水时，只能是一个一目了然、不容置疑的绝对存在，一种不容更改的铁一般的事实。

与樱花有关的好诗似乎不多，我最喜欢的还是苏曼殊的那首《本事诗》（之一）：“春雨楼头尺八箫，何时归看浙江潮。芒鞋破钵无人识，踏过樱花第几桥。”苏曼殊始终是一个哀感顽艳的人，做了和尚，也仍然是一个哀感顽艳的和尚。他的诗不是很多，有一些写得着实香艳。诗写得香、艳，而又不流于狎邪，其实是极难的。苏曼殊的诗里，有清艳、明艳、香艳、幽艳、哀艳之情，于缠绵悱恻中又夹杂着感世伤生。徐凝说天下三分明月夜，二分无赖是扬州；苏东坡说春色三分，二分尘土，一分流水。这个苏曼殊却不太好分，他有一点李商隐，有一点韩偓，有一点晏小山和纳兰性德，还有一点黄景仁，甚至也许还有一点元稹，简直就像贾宝玉梦游幻境时喝的那种佳酿——“万艳同杯”。他身世奇特，母亲为日本女子，经历也奇特，亦释亦俗。他诗、书、画、小说皆精，才华横溢而又敏感单纯，生活在新旧时代的交替时期，说旧不旧，说新不新，这个时代是一种奇异而矛盾的存在。他三十四岁就死了，如果再多写个十年八年，就古诗这一体裁来说，其总体成就应该堪比郁达夫。

他在《燕子龛随笔》中写过一个极其纯美的情节，讲自己十四岁时，曾和母亲村居，一个邻家女孩在红笺上写小诗，然后用红丝线系在蜻蜓背上，让蜻蜓徐徐飞入他的窗子。我出生在农村，从小下河摸鱼、上树掏鸟、捉蜻蜓、粘知了，对这等事极其熟悉，知道没有哪种蜻蜓具有如此神力，能够肩负得起这么浪漫的传情达意的使命。阮大铖戏剧中的飞燕衔诗笺就已经够传奇的了。但这个情节是如此之美，我相信到最后怕是连他自己也可以被骗住的。他能把一个女孩的情窦初开写得这样美，空灵妙曼，真是才子之笔，故事的真实性倒是无所谓了。苏曼殊一生多情，难免处处留情，蜻蜓点水，星星点点，自言以情求道，其实并没情极成佛。多情者其实最易寡情，但当他们绝情之后，那副痛苦认真、心不由己的无辜样子，令那些可怜而又善良的女人们，也就轻易原谅或忘记他们的寡情了。

笋

竹叶青青，竹影沉沉。竹笋呢，则在土里憋着，蹿出来的，出人头地，变成竹子；蹿不出来的，贴地而生，屈身盘曲，则成了竹鞭。古时竹鞭可做刑具，噼啪一声，犯人皮开肉绽，施者快，受者恨。世界是不对等的，爱恨交织。

居处有竹，当然好。竹有静气，能压得住浮躁。魏晋的竹林七贤，其形象已被风格化、雅化——某种有意无意的自我描绘或艺术行为。

怀素《苦笋帖》曰："苦笋及茗异常佳，乃可径来。"率真之性可掬。撇开书法艺术不谈，其精神气韵仍属晋人。和陶渊明"我醉欲眠，卿可去"一样，洒脱不羁。

春天，有朋友送我两个壮硕的山竹笋，说是从婺源带回的，剥去厚厚的箨衣，气味幽冷。炒肉片，清、涩，吃过却坏了肚子。看来俗肠无福受用此等雅物。

竹梢向天上跑，竹根在地下走。人也是不安分的。吃着碗里，想着锅里。身在曹营，心思汉。在一个时代生活，又想着另一个时代。我最近读古乐府，就想到汉魏。似乎那时的夜晚特别多，也特别长，星汉灿灿，思虑满怀，耿耿不寐的人起坐难安、绕户徘徊。那时的岁月特别有质感，像斑斑驳驳的铜器。那时总给人一种感觉，多秋冬，多苍茫的下午，多风，多尘埃；多思妇和多游子；多松柏和白杨；多慷慨和多感慨。厚重的汉魏乐府，喜欢有一说一，有二说二，像阡陌纵横，而不是曲径蜿蜒，和故作闲适旷达的元曲，自是不同。

那时的心灵空间，佛教气息尚未升起、弥漫，看似粗朴，其实是很单纯干净的，富于勃发的生机。我前天随意翻了翻顾城的小说《英儿》，无意间看到这样的句子，“我的心会那么干净，好像粗糙的笋壳，包含着春天的岁月”。突然发现，这个比喻用以形容那时诗人们的心灵，倒很恰当。

杜甫诗，“笋根雉子无人见，沙上凫雏傍母眠”。雉子，野鸡娃儿。也有的写作稚子，或释为笋名，或释为鼠名，或意指杜甫之幼子。忘了哪则诗话了，引经据典，牵强附会，专就此字做了一番考证。古代诗话，对应于当代的写作，意义不大。我读诗话，更多是当小品来读，一则一则，像三杆两杆之竹，摇曳生姿。只要别太较真，有很多倒是很有意思的。很多事情，真没必要较真，没意思。姑妄言之，姑妄听之，一笑了之。世事往往三人成虎，初始虎虎生风，结果却虎头蛇尾。

还是杜甫（一座绕不开的大山）诗，“新松恨不高千尺，恶竹应须斩万竿”。年轻时，慷慨使气，爱之欲其生，恶之欲其死，爱憎分明，自是痛快。如今，却时时提醒自己，天生万物，美丑兼容，分别不作分别想。

是圆滑了吗？但愿是圆融。

风

杨柳风。楝花风。落叶风。鲤鱼风。

“楼前流水江陵道，鲤鱼风起芙蓉老。”李贺的《江楼曲》中的鲤鱼风当指九月吹的风，秋风，因为芙蓉老了，很凉，但还不太冷。而明人孙蕡《湖州乐》中的句子“鲤鱼风起燕飞斜，菱歌声入鸳鸯渚”里的风，又明显是春夏之交的风了。天很暖和了，菱角开花在四五月间，菱歌清扬。鲤鱼风不能确指，但字面很美。

蕙风、荷风，也很好。我对带草字头的字儿本来就多有好感。据说，毛泽东曾开蒋介石的玩笑，说“蒋”这个姓就不好嘛，是个草头将军，他这个“毛”，是反手，所以，毛赢蒋，易如反掌喽。此为小道消息，无可对证。其实“蒋”这个字也很好，仿佛风吹过去，会散发出草木的气息。

石尤风，也好。

屏风。屏风虽不是风，但和风连在一起，就很美好了。还是李贺的《江楼曲》，“小玉开屏见山色”：一个娇小的女孩儿（小玉）拉开屏风，看见一大片青翠的山色。不是见山，而是见山的色。可见措词之妙。李贺之于女性，多幻想。他见的不是山色，而是女色。写到这儿，我蓦地想到陀思妥耶夫斯基的《白痴》中的那个病态人物伊波利特。李贺之于他的世界，犹如伊波利特之于美女阿格拉娅。这个没法详写，也没法百度，要想意会，只好去读《白痴》。

四月的黄昏，芽嫩叶新，风缓缓地吹着。在风里行走，总有一种感觉，仿佛再往前走一会儿，就一小会儿，就能遇到什么美好的东西，仿佛尘世可以遇仙——其实又是没有的事。命运虽然慷慨，却总慷慨得不是时候，比如在你最不懂得珍惜的时候，给你青春；在你学会懂得珍惜的时候，又让你失去了青春。这种慷慨，近乎残酷，也很幽默，当然，是黑色幽默。

但有的人，走着走着就散了；有的缘，走着走着就尽了；有的线，走着走着就断了。细细小小地交错往来，回环往复，织成了一幅人生的锦缎，挂在那儿，被回忆的风吹得飘呀飘，飘呀飘，昏花的老眼看过去，一时说不上好，也说不上不好，只是无端端会生出些许感慨。

千山万水，人世很长。一代一代，风吹过来，吹过去。草绿了又绿，花开了又开，风景好像又都是新的了。琵琶起舞换新声。世界就是想老，也老不了的。呵！这老不死的世界。

空山

王维的诗，“空山不见人，但闻人语响”，有自然的清空之美而不离凡尘。空山是静，但不是寂。空山有语，灵山无言。空山，是一种意境；灵山，是一种意象。空山是色，青色一痕；灵山是光，灵光一抹。

还是王维的诗，“人闲桂花落，夜静春山空”，这里的静是静谧，是安静，而非寂静。静谧是生机勃勃的。安静是一种心灵状态。这种静，是一种盛唐气质。只有自信和强大的人，才能够有真正的定力安静下来。只有一个富有活力的帝国，才能产生这种如此富有质感和深度的安静，才能产生出这种天人合一、物我交融的心灵感受。法国诗人雅姆和美国诗人弗罗斯特，他们诗中的安静，是个人主义和现代主义的。

空灵，空则灵。灵，才能清澄，才能涵容万物，才能对自我和世界有更多的认知，生命中才有更多的创造性。实，容易麻木，也容易堵塞。孟子曰，“充实之谓美”。但必须是空灵的心灵，才能感受到充实。狭隘和麻木的心灵是感受不到充实的。

空虚，原是一个好词。

张若虚的《春江花月夜》，是空的、虚的。所以，意境才是大的。张若虚，这个名字就是虚的。《春江花月夜》里面没有山，但它空阔得似乎可以装下几座大山。但山在里面也显得小了，青山虚虚数点。闻一多说此诗有“更迥绝的宇宙意识”。曹孟德的沧海，“日月之行，若出其中。星汉灿烂，若出其里”，只是大，还是写实的。汉魏之诗，还没有这种“空”和“虚”的感觉。汉魏之人写诗，还只是看山是山；唐人写诗，可以看山不是山；到了宋人，又是看山是山。当然，宋人的“实”，已有了另一种意味。

韦应物的诗，《寄全椒山中道士》：“落叶满空山，何处寻行迹。”还是有人，但人已经不容易见到了，且人已明明白白为方外之人。从王维到韦应物，仿佛从春天到了秋天。静谧一变而为幽静，更内倾了。此中大有意味。仿佛拈花一笑的人表情变了，心随境转，变成了落花人独立。

还是韦应物的诗，“山空松子落，幽人应未眠”。空山有幽寂之意。韦应物离尘嚣更远了。《西厢记》里说：“幽僻处可有人行，点苍苔白露泠泠？”幽僻处，可以通向热闹，也可以通向清寂；可以入世，也可以出世；可以通儒，也可以通佛道。中国文人的内心世界，是一个小径交叉的花园。

“致虚极，守静笃。”但在一个混乱的时代，一个有心灵和精神需求的人，一定会开门见山。这山却不是空山，而是一种更粗糙匮乏的现实。在这种现实中，是会有走投无路之感的。如果要坚持做一个正直的自己，该怎么办呢？那么用木心援引尼采的话说，就是“在自己的身上克服这个时代”。

我个人觉得，陶渊明做得最为成功。“采菊东篱下，悠然见南山。”陶渊明与他所相处之物，保持了一个适当的距离，并且举重若轻地把这座山提升到一个审美的境界。当然，为了做到这一点，他在现实生活中所付出的代价是巨大的。

空翠

空翠。很喜欢这个词。可以让人因空见色，自色悟空，正如《红楼梦》所言。王维的诗，《山中》："荆溪白石出，天寒红叶稀。山路元无雨，空翠湿人衣。"

空翠，是一种氛围。它就在那儿，无处不在的样子，很美好，但又无法触及。也许正因为无法触及，才如此美好。我少年时总想突破种种限制，现在能意识到限制也是一种美好。庖丁解牛，正是清楚限制在哪儿，所以才能游刃有余。

2010 年 12 月，我到陕西秦岭山区游玩，初冬的下午，漫步于金丝峡大峡谷。四山静穆，空旷无人。天气虽然很冷了，松竹丛杂，林木犹绿，正是空翠之意。据说山中兰草很多，我寻了很久，却未见一丛。"空翠湿人衣"，王维诗中前两句是写秋冬之景，如果是写实，那么最后这个"湿"字下得太重了，重得使诗句有了盛夏之意。如果“空翠映人衣”呢？也不对，太亮了。王维的另两句诗，“坐看苍苔色，欲上人衣来”，同样写“色”，就很轻灵准确。

王维有悟识。悟识高的作者极少，近当代作家中，悟识好的有胡兰成、废名、顾城。阿城差不多也算一个。废名没有发展好，他极为可贵的独特的文学个性，后期完全废掉了。

木心也有悟识，看木心的《文学回忆录》，他的修养、气度和识见绝对是一流的，但他的原创作品相对于此，却有很大一段距离。这是为什么？直到有一天重读维特根斯坦的一本笔记小册子，无意中看到这几句话，我才算彻底明白：“即便最精微的鉴赏力，也与创造力无关。鉴赏力是感受力的精炼；但感受力没有做任何事情，它纯粹是接受性的。”

朋友谈日本文学，谈及谷崎润一郎和川端康成，认为前者的文学才华要远远高于后者。和谷崎润一郎相比，写人性的幽暗、曲折和繁复，川端康成太清淡，显得小资了。但川端那种细腻到骨子里的感受力，却遥遥领先于谷崎。川端在《山音》中，写人性中那种难以捉摸的东西，背面敷粉，却造成某种不便言传的氛围，正是“空翠湿人衣”。

我在微雨中到小区转了转。里侧花带中那株梅花正在开放，昏暗中既看不见色，也闻不到香，只看到很多花朵的影子，在夜空里疏疏横斜。但你能感到那种花开的感觉，就在你周围。

清人笔记《冷庐杂识》中有一对联，“炉火红深，与我煨芋；窗树绿满，烦公写蕉”。是写给一个和尚的。我不是和尚，却很喜欢此联。绿树映窗，也有空翠之感。

紫藤

我和朋友闲聊，谈到养花种草，不觉就谈到了紫藤。他说有一种名叫久伊豆的日本种紫藤，看上去让人想到川端康成。

川端康成的作品我读了不少，这种紫藤却没见过，料想应该是《源氏物语》中的那种吧。记得《源氏物语》里，写过藤花的，好像还不止一处。春夜的藤花，一大串一大串，落满大露水珠子，寂然垂挂着，像一段段潮湿的无法释然的心事。

传统的中国紫藤倒屡见不鲜。张爱玲的《倾城之恋》里有处神来之笔，也提到了藤花，月光中从窗子上面吊下来，一枝。但旋即又恍惚不清了——“也许是玫瑰，也许不是”。我觉得还应该是紫藤吧。紫色不易融于月色，紫藤是紫藤，月色是月色，应该很容易就能分清的，只是月光下的男女容易犯错，一不小心就把紫藤当成了玫瑰。

紫藤的花穗欲开时紫得凝重、饱满，但开完后浓紫就褪变成淡白。紫色高贵，只是中国人的意识里多的是富贵，对高贵却很淡漠。开国君主举事之初，与一帮打天下的弟兄最具诱惑性的约定，就是共享富贵。当然，大业既成之后，却总是屠戮功臣。

我买过一本书信体小说——《紫颜色》，十多年了，不曾读过一页，现在都不知丢哪儿去了。看过卢梭的《新爱洛依丝》之后，我就不再喜欢这种文体了，但还是喜欢《紫颜色》这个书名。

紫色微甜，沁凉，有一些暗香浮动的秘密，如果有年龄，就是介于二十五岁至二十八岁之间，带一丝清澈而纯洁的诱惑性。紫色不易太浓，太浓的紫色有点压抑，说是压抑，其实是不安，人在面对一个不可预测的世界时，常有这种反应。

紫藤作为一种绘画题材，盘曲的老藤似乎比花朵更富于表现力，那藤最好是徐青藤式的笔意，怒、枯、倔，置和谐于不顾，生命与世界之间，总存在着一种难以调和的冲突和对抗。

有一年初夏，在一个小镇，我去一个搞书画装裱的退休老教师家，他住在学校西边，有个单独的小院，里面种满花木。老两口到街上买宣纸去了，他的小女儿接待我。我们坐在那架紫藤下喝绿茶，有一搭没一搭地说些闲话。她端起玻璃杯，手指映在上面，特别修长晶莹。她低头喝茶，眼皮儿微微下垂，是好看的双眼皮儿，抬头时又眼波欲流。有那么一刻，我们似乎没什么话可说了，四围一片宁静。我把杯子放在小木桌上，发出了很大的响声，她抿嘴一笑，给我续水。有一根藤枝在她肩后垂着，在微风中轻轻晃动……一晃，这已经是二十多年前的事了。

废名的《桥》中，琴子看到一个好地方，便和妹妹细竹说，在这里做一个隐士也很好，豆棚瓜架雨如丝，做针线活时看《聊斋志异》解闷儿。

不知怎么，读到此处，我眼前便浮现出那个紫藤架来。

青果

我昨天到母亲那儿，看到院子里的柿树，今年又结了不少。青碧的柿子，一颗，一颗，很好看。两颗长一块儿，也好看。还有的，三四颗紧紧挤着，更好看。柿子有尖顶的，有平顶的。但柿子小的时候，看不出来。这棵树的柿子是尖顶的，更甜。青柿子喜欢落，每到早晨，很多都滚落到地上。留下的，都是幸运的、生命力强盛的、被命运精选出来的。要想成熟，要想“红”，有着很复杂的因素。

早晨上班，我看到人家的枣树从墙头上伸出来，枣子结得也很多。柿子的颜色深、沉、凝。枣子的颜色浅、亮、轻。果树中，我对枣树最有感情。杜甫晚年暂居夔州，也种有一棵枣树。杜甫刻刻不忘回到长安，落叶归根，但他客居夔州时还是种了很多果树。人生虽然无常，但生活还是要作长久之计。杜甫的诗，壮大。大就容易笨，杜甫的诗，有的就很笨。我们这儿称长得大的瓜果，喜欢称“笨瓜”“笨果”。“笨”，其实是爱称，是好的形容。就像恋人之间，喜欢说对方“傻”。大枣树看上去也是笨笨的，一副沉默寡言的样子。“木讷”一词，应该专属于枣树才是。枣子青的时候，藏在细碎稠密的青叶子中，很容易被人忽略。美属于有心人。只有到秋天，树叶飘落了，才满树红彤彤的。

城区工业园里，有几家厂区内种了很多木瓜树。有年深秋，木瓜黄落，我拾回几个，以作清供。放在藤条盘里，清香幽远，月余不散。今年又结了不少，我每次路过，看到这些深绿的果子，都忍不住要看几眼。《诗经》里“投我以木瓜，报之以琼琚。匪报也，永以为好也”，这样的感情，浓、烈、质直。“匪报也，永以为好也”，大白话，脱口而出，却是最美的诗句。人的声口、语气，甚至神态，都显露出来了。怕对方不明白，又叮咛了一句吧？我读《诗经》，最能打动我的，往往就是这种语气。

《诗经》大多四字一句，却有着极为丰富的活灵活现的声调语气。四字一句，说时迟，那时快，刚呼之欲出，便脱口而出。那种最质朴的不加修饰的饱满的情感，似乎总是在急于找到一个表达的路径和形式。所以，《诗经》里的句子，往往靠重复和相似来加强和强调。像一个年轻的女人对着那个即将出远门的爱人，交代了又交代，叮咛了又叮咛，嘱托了又嘱托。如此这般说了又说，口干舌燥，她是怕对方忘了，听不明白，不放在心上。她把对方当成了一个处处需要呵护照顾的长不大的小孩儿。《诗经》里的句子，是母性的、女性的、家常化的。

不过，这里的木瓜，不是我所见到的木瓜。据日本人冈元凤纂辑的《毛诗品物图考》一书来看，《诗经》里的木瓜，是落叶灌木。我所见的木瓜，是落叶小乔木。我写这些，既是张冠李戴，也算移花接木。

前两天我去杭州西溪，舍舟登岸，忽见一树耸起，很多硕大的果子从枝上垂下来，青幽幽的。定睛一看，才知是柚子，很有新奇感。

很多年前，我读过作家北村的一篇小说——《青果》。青果是一个美丽的女孩儿，在现实生活中惨遭邪恶势力的毁灭。那篇小说写得很美，也很伤感。

果子熟了很美，果子青着，也很美。

菖蒲

菖蒲，我们这儿叫蒲子。

石菖蒲，可能是另一种植物。王维的诗，“清浅白石滩，绿蒲向堪把”，可能写的就是石菖蒲。我这儿写的蒲，应该是《诗经》里“彼泽之陂，有蒲与荷”的蒲，可以编席子。

我懒得详细考查。我终归不是一个做学问的人。别人打破砂锅问到底，我打破砂锅却可能只是为了听那么一声响儿。别人顺藤摸瓜，我却顺藤摘花。很多生活中的事情，我竟然也喜欢这样做。

我这样安慰自己，渊明读书不求甚解，孔明读书略观大义。但两个明，都很明，一个立了言，一个立了功。对我来说，这其实是借口，不是理由。人总是喜欢把借口当作理由。

这种植物，在我小时候，沟里、河里很多。现在没有了。因为沟里、河里没水了，皮之不存，毛将焉附？这也说明，这种植物的习性是喜水的。

菖蒲的花，我们叫蒲棒。夏天，一支一支从叶丛中蹿出来，果实上沾满淡黄色的小花，真像棒子。蒲棒可以吃。饿的时候，折几个，翻来覆去，细细地啃。如今，我已经忘记蒲棒的具体味道了，仿佛带着那种草本植物特有的清香。但这样说，很含糊。

菖蒲刚出水，很绿、很纤弱的样子。叶子长大，森森的，苍青色，在风里摇动，唰唰唰，很有气势。

小时候，风雨欲来，我站在河边看蒲叶，有点害怕，满河的叶子，倒过来，伏过去，惊恐不安，仿佛整个世界都在摇晃。我觉得自己也许忽然就会被某种神秘的力量，带到一个遥远的未知的地方去了……

以前读张祜，我记住了他的一首诗："去年来送行人处，依旧虫声古岸南。斜日照溪云影断，水蒹花穗倒空潭。"张祜的好诗很多，这首不算太出色，我偏偏念念不忘。水蒹也不是菖蒲，我偏偏错认成菖蒲。有人说，日本棋圣吴清源，之所以棋艺精绝，就是因为他的内心从来不接受外界的任何暗示。有了这等超凡定力，才可以摒弃一切干扰，道进乎技。我则相反，一有干扰，就心神不宁。有一段时间，我老想到这样一个安静的水潭边坐一坐，静一静，看看云影，听听虫鸣。世界仿佛荒荒的、空空的，也很好。

现在，我不怕蒲草的声音了。那个未知的地方，其实就是生活本身。人就是想走远，也走不远的。走到哪儿，都走不出生活。

苏曼殊以诗为信笺，邀请一个朋友：“来醉金茎露，胭脂画牡丹。落花深一尺，不用带蒲团。”原来做和尚也可以做得如此酣畅豪华，意兴淋漓。做人做得越极致，就越具有美学色彩。当然，往往也越容易具有悲剧色彩。极致的尽头，是高峰，也是悬崖。

但做人，还是要尽量做得好看一些。

蒲叶做成扇子，叫蒲扇；做成席，叫蒲席；做成坐垫，叫蒲团。

我摇过蒲扇，睡过蒲席，但没坐过蒲团。

我们这儿不时兴编蒲团的。累了，乏了，找个木板凳坐一坐，或者干脆就蹴在地上，挺一会儿，也就过去了。

菱

菱花，总有一种小家碧玉的感觉。它像七岁、八岁的女孩儿，也可能十三岁、十四岁，但最多不能超过十七岁，有蓬松的前刘海，一双忽闪忽闪的大眼睛，在农耕文化里，浣衣、拾柴、做饭，转身变老。

作家叶兆言好像有一篇小说《采红菱》，不过我没看过。水红菱，名字好，是心底的一抹红，静静沉在那儿，年深日久，打捞不起来了，变成了一抹恍惚的影子。

记得《圣经》里提到过一种玉——水苍玉，很好的名字。水红菱，也好；红绫，也好，柔艳旖旎。有那么多美好的事物，世界还是让人留恋的。张爱玲说，人生有苍凉。其实，也有荒凉；其实，也有美好。

煮熟的菱角吃起来，像高淀粉的红薯。以我个人的口味来看，不过尔尔。小时候，外祖母家门前有一片海子，水面有成片的菱角。我生着吃过，脆，有点清凉的稀薄的甜意。但童年的体验我一直不愿意动用，想以后留在小说里。现实总是很粗陋，所以由现实激发出的想象，就格外美丽细腻。

《红楼梦》里的贵公子叹道，菱花镜里朱颜瘦。有楚辞里美人迟暮的怅然。美人，美好的人。生命里，有那么多撕扯不开的东西。但很多时候，用不着抽刀断水，用不着剑斩春风，而是快刀斩乱麻。一刀两断，云散天清。

南朝乐府民歌里的女子采莲，当然也采菱。莲有谐音，莲，怜。莲子，怜子。那么多的柔情蜜意。而采菱，更多的只是一个现实的动作。当然，在诗歌里，也是一个美学的动作。莲叶具有遮蔽功能，有阴影，有隐秘的空间。菱叶是敞开的，一切明明白白，昭然若揭。可是，菱叶贴水而生，有些东西还是看不透。每一个意味深长的细节深处所有的，并不是狭小，而是广阔，足够一颗敏感的心灵游走。然而，心走远了，是不容易回来的，或者就不再回来了。

南方女子采莲，北方女子采桑。南方女人柔情似水，北方女人阔达明亮。

人们拉纤时唱歌，沈从文的小说里有描写。顺便说一下，沈从文小说中那种诗性的一唱三叹的生命内蕴，其深度，中国作家中，迄今尚无人达到。小时候，我看别人盖土房子，打地基，几个男人打夯，开始闷声不响，打着打着，就吼起来。吼的什么，忘记了。只记得那粗鄙的调子，豪放、欢快、率性，在秋尽冬初、斜阳黯淡的下午，随风飘远，非常有力量。一个人独处久了，会不由自主地自言自语。采桑时，唱歌，有采桑曲；采莲时，唱歌，有采莲曲；采菱时，唱歌，有采菱曲。人类，总需要些愉悦感，需要些释放和抒发，甚至，需要些自我安慰。

南朝有个叫江洪的诗人写的采菱诗："风生绿叶聚，波动紫茎开。含花复含实，正待佳人来。"

世界总是充满着期待，单向的期待，或相互的期待。在一次次相互发现和映照中，变得丰盈生动起来。

鸳鸯

有人送一只板鸭，说是鸳鸯。脱毛的凤凰不如鸡，脱毛的鸳鸯和肉鸭没有什么区别。真是一种可悲的现实。我尝了尝，肉质远比板鸭细腻，也更香。但我吃了两块，吃不下去，心里总有一种别扭的感觉，就给我妈送去了。

我有这种别扭的感觉，是由于从小读过的诗词在肚子里作怪。鸳鸯在古典诗词里，一直是爱和美的化身。让我吃鸳鸯，简直是豕食爱情，有负罪感。几年前，我在一个水塘里，看一群花色艳美的禽鸟在嬉戏，它们像鸭子，又不是鸭子，问人，才知原来是鸳鸯。这是我第一次在现实生活中见到这种久仰大名的禽类。

鸳鸯让我想到温庭筠的词，尤其是那组《菩萨蛮》，富丽泛彩。温庭筠名好，字也好——飞卿，但据说长得却极上不了台盘，被人称为“温钟馗”。少年时代，我读他的词读多了，铁定认为此人必然英俊儒雅。后来看了古人笔记中的相关记载，我好一段时间转不过弯儿来。废名认为以前的诗是一个镜面，温庭筠的词则是玻璃缸的水，在里面养条金鱼儿，插点花儿什么的都可以。也就是说，词到了温庭筠这儿，变得立体了，有了很大的空间感。其实还有一点废名没有看到，在温庭筠的词里，就是在他的《菩萨蛮》这儿，有了一个精美的内在的结构，用《论语》中的一个词来形容，就是“山节藻棁”。一间大肆装潢的屋子，斗拱、短柱等结构精美。由此而产生出一种奇妙的艺术效果，用他自己的句子来说，就是“照花前后镜，花面交相映”。这种结构有时让我想到博尔赫斯的小说。这种结构不是封闭的，温庭筠写女性的闺阁、居所、庭院，但是他却把这一处所置于一个广大的风景里。鸳鸯锦、鸳鸯枕，鸳鸯突然就从某种静态的私密性的场所飞了出去，飞到了另一个无遮的空间，风景无限。

飞就飞了。现在不写温庭筠了，写一写杜牧。写来写去，反正都是写鸳鸯。

“尽日无人看微雨，鸳鸯相对浴红衣”，乍想到杜牧的这两句诗，我一时将其错当成了韩偓的。这才是真正的鸳鸯浴。现在的鸳鸯浴，不敢见天，只能孤芳自赏，其实应该叫“荤澡”。我们知道，杜牧年轻时也是个爱玩的主儿。这两句诗前面还有两句，“菱透浮萍绿锦池，夏莺千啭弄蔷薇”。这首《齐安郡后池绝句》，写于杜牧不得意的时候。王维雅人而偶作艳语，艳起来真是不得了。智极成圣，情极成佛，艳极可以逼禅。

温庭筠的词，看起来很艳，其实是秀，秀色可餐的秀。好的东西，有时会给人带来某种饱满的感觉，强烈得接近一种生理意识。没有比吃更现实的了。

葡萄

吃不到葡萄说葡萄酸，不过是心理上的，吃到葡萄呢，实打实的酸——如果吃得不是时候，吃的是生葡萄的话。

年轻的时候，我遇事总是掌握不住火候，行事不是太早，就是太晚。就像吃葡萄一样，总是吃到酸。但年轻时，谁没任性过呢？谁没任性过，谁就算从没年轻过。

葡萄刚入西汉时，和石榴一样，是稀罕物儿。葡萄酒更是奢侈品，就像《红楼梦》里的玫瑰露，寻常人家是吃不到的。《汉武内传》载，西王母和汉武帝七夕相会，喝的就是葡萄酒。神话和传说，是现实的投影和隐喻，或夸张变形。人神之恋，是人性隐秘欲望的另一种表现形式。如果从心理学的角度来看《聊斋志异》，蒲松龄先生其实挺可怜的。

亚当和夏娃吃了苹果，明辨善恶，开启了生命的智慧。他们知道自己是赤身露体，拿无花果的叶子为自己遮羞时，便意味着人类的自我意识觉醒了。天地从此变得明亮和广阔。但与此同时，争端、冲突、分裂和矛盾也随之出现，人类自身的苦难也就开始了。我们的老子和庄子，提倡返璞归真，反对机巧，很明确地看到这种结果，正所谓七窍开而混沌死。但青山遮不住，毕竟东流去。人类还是去了要去的方向。也只有如此了。人类只好接纳自己。于是，大洪水过后，诺亚做起了农夫，栽种了第一个葡萄园……

上帝禁止人类拥有智慧，上帝是对的，因为他预料到了人类拥有智慧之后的后果。但后来人类也是对的。感谢种种矛盾、挣扎和痛苦，正是它们，强化了我们自身的存在感，从而让我们的生命变得更加充盈和丰厚。

人类历史上最有智慧的人物之一——耶稣，诞生于加利利的小城拿撒勒。这儿的大地和山谷便遍布着茂盛的葡萄园。耶稣就是在这样的环境中成长起来的。耶稣长相俊美。法国学者欧内斯特·勒南为了写作耶稣传记，曾到此地做实地考察，这儿女人的容貌之美让他惊叹不已。他说这种美是“叙利亚式的恹恹的优美”。

一个铁定的事实是，一方水土养一方人。拿撒勒山清水秀，这儿的女人的独特之美是否与葡萄也有一些关系呢？

从中医的角度来看，葡萄除了具有丰富的营养价值之外，还可以降低烦闷的情绪。大家都知道，葡萄酒有美容功效，也就是《本草纲目》中所说的“驻颜色”。常吃葡萄，使人心境平和、肤色柔润。勒南所写，拿撒勒女人那种“恹恹的优美”，恹恹，就含有慵懒平和之意。

现在的孩子口味儿刁，我女儿不喜欢吃葡萄，喜欢吃提子。提子其实也属于葡萄的一个品种。紫葡萄最好看，尤其是雨后，一大串一大串在架上挂着。

我种过一株牛奶葡萄，但不会剪枝，结得很少。快熟的时候，很多鸟儿就开始叽叽喳喳飞来，惦记着。葡萄熟一颗，它们便啄食一颗，我很少吃到。后来，我嫌这株葡萄结得少，又不好看，就砍掉了。我是一个极理性又极感性、极现实又极理想化的人。很多时候，这二者在我身上不是相互补充和平衡，而是相互对立和冲突。

晚唐人的诗：“青鸟衔葡萄，飞上金井栏。美人恐惊去，不敢卷帘看。”我遇到美好的事物，每每也有这种忐忑和小心，但结果发现，该消失的时候，它们还是消失了。

藕

藕有九孔，有七孔。九孔者质脆，适合炝拌；七孔者质糯，适合炖煮。汪曾祺有篇小说《熟藕》，写人间温情。那个老头儿煮的藕，应该是七孔的，地锅木柴微火煮七八个小时，一定“面”透了。

二十几岁时，我曾在一个储蓄所做过临时工，当出纳。那时那个储蓄所的临时工不叫临时工，叫代办员。中国的文字，措辞之微妙，无处不在。每天上午，就有一个卖面藕的老头，挑着一个担子，从储蓄所门前走过。所里有个女员工喜欢吃面藕，经常叫住老头，买上两截。藕孔里装糯米，饿的时候，也很好吃。那时，我倒没去想藕有几孔。

等你对藕有几孔感兴趣时，你就会明白，具体的活生生的生活，要比那些大而无当的思想或理论有趣和重要多了。

还有一点，我觉得很有意思，就是七孔的藕开红花，九孔的藕开白花。

唐人写女人，以莲喻之，会说“红莲池里白莲开”。白居易也有诗句：“姑山半峰雪，瑶水一枝莲。”这里写的女人，其身份是道士。红莲艳，白莲也艳。如果在红色的映衬下，白色则显得脱俗。过去有俗语：“女要俏，一身孝。”白色，显得清洁纯净，更容易上升到审美的层面。

有学者认为，中国人真正开始形成完整的圆的观念，是从佛教文明来到中国之后。在此之前，圆的观念是不太清晰的。我们的宇宙观，天圆地方，天地最初是相连在一起的，甚至是撕扯不清的。圆的感觉，还没有从人的观念意识中完全分离、独立出来。

众所周知，佛教中有一个最重要的图案符号，那就是莲花。莲花就是一种纯圆的花，花瓣指向四方，莲蓬也是圆的。随着佛教盛行，圆的感觉逐渐弥漫世俗，圆满、圆融、团圆。当然，还有圆滑。皆大欢喜，也是一种“圆”的感觉。宋元话本、戏剧中屡见不鲜的大团圆结局，也是这种心理观念的体现。

感觉中，六朝的藕比较多，莲叶田田，荷花团团，铺天盖地的。而六朝时，佛教在中国已开始盛行了。反思一下，果然，在我的阅读印象中，也就是从那个时候起，月亮在诗歌中才开始慢慢有了“圆”的感觉。在《诗经》中，“月出皎兮”，月亮还只是“亮”。

我们的文化中，有一种叫“气韵”的东西，也是在六朝，渐渐孕育而成。气韵，就应该在明山秀水、烟雨蒙蒙的自然环境中形成。北方山河苍茫，高天厚土，心理空间自是另一番面目。莲藕，虽南北皆有种植，但总觉得是属于南方气质的植物。

《红楼梦》中邢夫人替夫纳妾，她眼中鸳鸯的装束是："半新的藕合色的绫袄，青缎掐牙背心，下面水绿裙子"。藕合色，有一种不显山露水的清艳。过去的女子，着装真艳，五彩缤纷的，也真复杂，把自己层层包裹起来。衣食住行，人类自从有了自我意识，便把衣服放在首位。解放思想，有时就是解放衣裳。

还有一个俗语，说的是藕断丝连。藕断了，丝其实是很脆弱的。有些事、有些东西，断了，毕竟还是断了。

木槿

《诗经》里有“有女同车，颜如舜华”的句子。舜华，就是木槿花。古人注解此诗，大多认为含有讽意。其实，就诗歌本身而言，从中寻找讽咏之意，倒是降低了它的文学品格。诗歌之美，不在于它的现实性部分，恰恰在于它超越现实性的部分。

我读此诗，读到了一种喜气和贵气。

《全芳备祖》中所载的咏木槿的诗赋，大都索然无味。包括李义山的一首七绝：“风露凄凄秋景繁，可怜荣落在朝昏。未央宫里三千女，但保红颜莫保恩。”此诗平平，一流诗人的三流手笔，没什么新意。

木槿，据说日本古时称之为“朝颜”。这个名字好，女性化。我的内心也有女性化的一面，就像哈代说自己的内心是雌雄同体的。有一段时间，我对自己比较反感，羡慕《水浒传》中的黑旋风李逵。

木槿，这个名字也好。木槿，木紧，树木也会紧张吗？好像在哪儿看过一种说法，说用小刀削土豆皮时，土豆会紧张得“吱吱”叫起来，忘记是通过什么方式测出来的了。这个说法让我震了一下。风雨欲来，树木看上去确有紧张之感。盛夏，在大风雨中，树木显得惊慌失措，那么多茂盛的枝叶，都变成了生命的负担。

木槿，木谨，像树木一样谨慎、慎言。民间骂人不会说话，就说“像木头一样”。像木头一样，其实很好。《庄子》中的得道者，就是“形如槁木”。

木槿花，朝开暮落，所谓槿枝无宿花，正可寓韶华易逝之意。这一点恰好对上了古代诗人喜欢借物寓意、托物言志的老胃口。古印度人没有时间观念，佛经里动辄讲千百亿劫，其实，只是一个大而无当的形容。中国人的时间节序之感特强，最喜欢追忆似水年华。“子在川上曰，逝者如斯夫”，孔子在河边发了一句感慨，这种感慨的声音，便一直回荡在中国人的心灵空间里。时光匆匆，生命短促，人生如寄之感，挥之不去。

这种感受，对于汉魏之人来说是挣扎。说挣扎，也许太重了，但至少有挣扎之感，欲超脱而未能。古乐府中，到处弥漫着这种情绪。东晋的陶渊明，“纵浪大化中，不喜亦不惧”，是个特例。陶渊明算是一枝红杏出墙来（但众所周知，这枝红杏却长久不被世人见赏，直至遇到苏轼。陶渊明遇上苏轼，可称得上是文学上一次最重大的的艳遇）。到了李白，是挣脱。挣脱掉这种情绪了，有了飞扬和明亮。到了苏轼，是超脱。也就是说，彻底变得旷达起来。李白是浪漫，所以飘飘欲仙，天地为之久低昂。苏轼则是旷达。因为旷达，所以世俗，与物无隔。苏轼的可爱，也恰恰在于其世俗。正如李白的可爱，恰恰在于其非世俗。苏轼最爱说，人生如寄。但在汉魏是感叹，在苏轼却是豁然，仿佛好花忽开，天地一亮。

小区的花带里，有几株木槿，枝上现在已开满了绯红色的花朵。“有女同车，颜如舜华。”可是，有一次我站在那儿看了半天，却硬是没看出它们有哪点像女人的容颜，但心里还是很愉悦的。美，是如此的主观。

扇

团扇如月，女人拿在手里，有润秀明洁之感。丝绸细腻、华贵，触摸上去，有活生生的现实感。秋扇见弃，说明了它的实用性的一面，也说明了人性的另一面。秋天了，天凉了，扇子变得多余。一个“弃”字，说得绝情。时光对生命也是如此。“天若有情天亦老”，这句诗，无情到极致，也悲怆到极致。好在，天弃人，人却不自弃。这样一来，每一天就有每一天的风月。

晴雯撕的是折扇。

贾宝玉说了一番大道理。这道理，也是庄子“齐物”的道理。贾宝玉对待事物，是终极性的、艺术性的。晴雯的性情也是道家的，率真、任情。终极性的、艺术性的东西，往往超越于规律之外，实践起来，剑走偏锋，是危险的、破坏性的。晴雯实践宝玉的道理，扇子撕得真是惊心。

诸葛亮拿的扇子，是鹅毛扇，不能折的。诸葛亮是只进不退的人，六出祁山，是事知不可而为之。偏于一隅的蜀国没有一统中原的实力，侥幸成功，以蛇吞象，难道就能消化？以诸葛亮的绝世之才，不会不明白，但他必须尽人事。

诸葛亮如果晚生一些时间，也许会手持一把折扇，进则兼济天下，退而独善其身。但那就不是诸葛亮了，也许会成为谢安。

北窗高卧，清风徐来。不为物累的时候，天地自是一把扇子。陶渊明也应该有扇子的。他把扇子放在心中。贬谪中的苏东坡高唱“说渊明，是前生”。其实，我也想这样说。只是现在没有清风了，空气质量太坏。如果也迎风高唱，会被灌一嘴灰尘的。如今，最好的状态是沉默。

为什么当代人的胸襟、气度变得越来越小了？因为我们已经两手空空，什么也没有了。

葫芦

葫芦，嫩的时候做蔬菜。葫芦滋味大类瓠子，吃法亦同。但有的葫芦苦不可食。

葫芦老的时候用处多，做瓢，舀水。日本的《徒然草》里记，许由身外无物，喝水用手捧，有人送他一个瓢。他用后挂在树上，风一吹嫌吵，又扔了。

瓢者，漂也。所以，瓢也可系在腰上，增加人体浮力，用以泅渡。《庄子》里，有人种了一个大葫芦，太大，不知可做腰舟，便打碎了。庄子笑其只知用“小”，不知用“大”。在远古，江多河众，舟船属于交通上的奢侈品，很稀少。

葫芦可以盛酒，在古装电影里常见。金庸小说描写的丐帮帮主洪七公，腰间便有一个，乘兴喝几口，哈哈一笑，陶然自乐。旧时农家，把葫芦挂在窗后，用来盛放菜籽或瓜种。

人怕老，葫芦不怕老。人老皮松肉弛，岌岌可危；葫芦则老而弥坚，一敲嘣嘣响。

不会说话的人，被称为“闷葫芦”。王熙凤骂丫环：“你是个没嘴的葫芦怎着！”有些话，不可说，不必说，说也白说。做个没嘴的葫芦，其实很好。

葫芦，谐音糊涂。难得糊涂，如果是自嘲或愤疾的话，无可厚非。如果故意装糊涂，这样的人，不好玩儿。明人制印一方，曰：“储泪一升悲世事。”这话倒是来得直接。

形状扁圆的小葫芦去瓤、挖孔，可养蝈蝈。小时候，我认识一老者，就有这样一个玩意儿，装两只蝈蝈，天冷了，怕冻住，便揣在怀里。蝈蝈偶尔鸣叫，“吱吱”“吱吱”，零零碎碎，如闻天乐，令我极为艳慕。童年时代，真是太寂静了。

有个葫芦架也不错，豆棚瓜架雨如丝，读《聊斋志异》解闷。但转念一想，读《聊斋志异》也不好，处处人鬼情未了，触目感怀，不是解闷，倒是解连环了。《聊斋志异》实为幽愤之书。倒是《阅微草堂笔记》来得平和。

喜欢细腰葫芦，更有曲线美。有朋友送我一个，很大，上面有彩绘，被做成了工艺品。我把它放在阳台，今年雨水勤，它居然浮了一层霉。

我近年喜读古书，有朋友读我的文字，说有“倦意”。此话让我震了一下。怕过于发霉，我最近又找了几个外国作家以作调剂。司汤达、陀思妥耶夫斯基等。这个时代太缺乏那种急切奔放的心灵激情了。

晚苹果

花香让人恍然感到，仿佛还有很多好日子，正要到来或已经到来。果香则带有回忆性。一个即将或已经消失的世界，像一本书，随手放在书架，还没来得及仔细翻阅，就已经页沿微黄。我属牛。据说，属牛的人喜欢怀旧。

果香中，我喜欢杏和苹果。但杏易坏，苹果则耐久。一个苹果，放很长时间，缩了，闻一闻，还很香。

少年时代，我爱幻想，希望拥有一个果园和两间小木屋。柿树园。深秋或初冬，柿叶通红，“哗啦啦”地往下落。叶子落光了，柿子还在枝上，比叶子更红。黄昏，夕阳西下，整个世界一片通红。人在小木屋前静静站着，看鸟儿一只接一只地归巢，翅膀微红。我以前爱幻想，好色。现在，有时还会想入非非，所以，处世多显天真，不能应付复杂人事。现在，仍好色。齐白石晚年画辣椒、画南瓜、画白菜、画牵牛花，五彩缤纷，色彩更为繁艳。他真是热爱生活啊！同样的苹果，我会偏爱红色的，喜欢那抹釉子般的明丽。柿子熟了，还要捂一捂，才能完全去涩。我把柿子放在纸箱里，再放入几个红苹果，一周过去，苹果香味全无，柿子则奇甜。

当然，随着年龄的增长，我也会更注重事物的内涵。我们既要知道什么样的苹果好看，也要知道什么样的苹果好吃。这样，我们才能更为理智和宽和地对待这个世界。真正香甜的苹果，其实是那些有虫眼的、节节疤疤的。可是，这种认识，看似简单，其实很难。就像美国作家安德森在小说《纸丸》中所言，“只有少数人懂得这种歪瓜裂果的滋味”。这类果实，让我想到《庄子》中那种奇形怪状的人，他们“畸于人而侔于天”。

立秋，细雨绵绵。我晚饭后在书房徘徊，无聊中便从书架上找一些书名来凑对联。由《牡丹亭》找到《桃花扇》，由杜牧的樊川找到李商隐的玉谿，由《剑南诗稿》找到河东文集，找来找去，找到郁达夫的小说《迟桂花》，这是郁氏小说中，我最为喜欢的一篇。那阵阵初秋暮晚的桂花香，浓烈到让人无奈的程度，是某种隐隐的悸动。由郁氏的《迟桂花》，我又找到了俄罗斯作家布宁的《安东诺夫苹果》，安东诺夫苹果，即晚苹果，深秋方熟。迟桂花对晚苹果，差强人意。布宁也是一种喜欢怀旧的人。这篇小说本来就是一篇怀旧的作品。布宁终生记得晚苹果、蜂蜜和秋凉这三者的芬芳。相对来说，苹果的芬芳大家都比较熟悉，蜂蜜的芬芳就较为微妙了，而秋凉的芬芳，则实在难以言传。

深秋，天空高远，晚苹果的芳香从果园阵阵飘来。布宁写道：“天气多凉呀，露水多重呀，生活在世界上又是多么美好呀！”写这篇作品时，布宁还年轻，青春犹在。

其实，无意间闻到苹果的芳香才最为美好。清晨，无意间看到一朵新开的花，仿佛这个日子会一直挂着几滴清亮的露水——仿佛人生可以重新有一个美好的开始。一首抒情的老歌，在黄昏的街头无意间听到，整个喧嚣的世界会一下子静下来，只剩下一种美好的声音和旋律。世界永远充满缺憾，人应该在缺憾中享受美好，享受种种意外的芬芳。

霞色

夏天，霞色隐深树。秋天，霞色隔疏林。春夏的霞色明艳，秋天的霞色清艳。我更爱严冬的霞色，冷艳绝伦。

今年我常在乡下，乡下树多。早晨和黄昏，我喜欢在田间地头溜达，饱看朝霞和晚霞。前天早晨，我用手机拍摄朝霞，为了选择一个理想的角度，气喘吁吁地跑步穿过一个小村庄，结果还是被一片荒树林子给挡住了。

很奇怪，所有的朝代，在我的感觉中，晚唐最富色彩感，老是有一种黄昏意象，有夕照和晚霞；秦，苍黑；汉，苍黄；宋，淡青；元，苍青；明，深青；清，绀蓝。我也说不出为什么会产生这些不伦不类的色彩意象。

郁达夫的小说我读得不多，在小说中，抒情应该是节制的，否则抒情就变成了情绪化。我记得《迟桂花》中好像写有晚霞，又翻读了一遍。这篇小说写得相对节制。以前读，我喜欢得不得了，尤其是男女二人游五云山的过程，精彩出众。现在重读，我却隐隐觉得恰恰正是在这儿，两个人物心理之间的交织，写得有点不太自然。《迟桂花》中没有晚霞，倒有很多月色。

小时候，我经常在小姨家生活。那时，有个小伙伴，叫红霞，她虽然比我大了一两岁，但显得远远比我成熟。我们在一起玩儿，亲密无间，她倒像个小大人。到了少年时代，我们慢慢疏远起来，是少男少女间那种刻意的不自然的疏远。后来，她嫁到一个小镇上。有一次，我去小姨家，偶尔碰见过她一次，双方感觉特别亲切。此后，我们再也没见过面。如今，我已忘了她的容貌，只记得她小时候那双笑意盈盈的大眼睛。岁月悠悠无尽，人生却如急流汤汤，太快了。

富有色彩感的诗人都有谁？我第一个想到的是李商隐，他是晚霞的色彩，是秋冬的旷野上空，那一抹柔和而沉静的红。其次是李贺，李贺是夏天临近末尾时的绿肥红瘦，他的色彩是跳脱的，更准确地描述，也许应该是一场冷雨后的惨绿愁红。王维呢，是晚霞消失后，那抹宁静的深青，隐隐透点红意。整个人世的热闹都不要了，就剩下那点淡远的红意。

我对俄罗斯文学中的霞光印象深刻。托尔斯泰早期的小说《哥萨克》里有朝霞满天，屠格涅夫的《猎人笔记》里有晚霞散布。契诃夫、布宁的小说里，都有沉静的霞光。而库普林在他的《阿列霞》里写道：“直至今天，那些燃烧着的晚霞，那些散发着铃兰和蜂蜜的芳香，充满清爽空气银铃般鸟语的滴露的清晨，那些炎热慵倦的六月的日子，还有阿列霞美丽的脸庞，一起栩栩如生地活在我的心里。”年轻时喜欢晚霞，年老时喜欢朝霞。而晚霞是回忆性的、古典的、抒情的。朝霞则象征着某种希望和理想。我们往往更喜欢我们的生命里不曾或不再拥有的东西。

秋竹

日本俳圣松尾芭蕉到了朋友的茅舍，触景生情，写道："红叶已染常春藤，四五杆竹动秋风。"看来秋已经很深了，三两杆竹子在风中摇曳。

日本的秋声，很小，很细。

然而，那一点凉意，还是让你感受到了。

郑板桥画竹，无师承，于纸窗粉壁、日光月影中悟出。

松尾芭蕉善于捕风，郑板桥善于捉影。这也是诗人与画家的区别之一。

竹生笋，笋长得快，十五六天就超过原来的竹子，有人便称竹子为"妒母草"。

诗经以草木起兴，楚辞更进了一步，把草木人格化了，算是

“植物的符号学”。晋人爱竹，多属于行为艺术。

年少吃肉，人老喝粥。猛烈之徒炙牛，恬淡之士食笋。

竹荫清、虚、静，易流于空寂，不像桃李那般繁艳，有一种世俗的热闹。理想的生活环境是闹中取静，理想的生活状态是张弛有致。正所谓，“竹外桃花三两枝”。

但理想理想，总是有条有理地想一想，然后，算了。

把杂乱丛竹疏通，删繁就简，古人称之为“洗竹”。真是绝妙的措辞。

两年前父亲从外面移来一丛竹子，种在墙角，现在已繁衍成一大片，也该“洗”一“洗”了。

春竹深，夏竹浓，秋竹淡，冬竹浅。竹里可以听风，听雨，亦可听雪。

宋人诗话里说，竹不曾香，而杜甫则曰：“雨洗娟娟净，风吹细细香。”雪不曾香，而李白则曰：“瑶台雪花数千点，片片吹落春风香。”

套用一则禅宗公案来说，则不是竹香，亦不是雪香，而是心香。心香一瓣，河清海晏。

山西出一种名酒，名“竹叶青”。因喜欢它的名字，有一次我居然喝醉了。

秋灯

古时的夫妻关系，纳入了儒家的伦理秩序，变庄严了。夫妻间强调的是一个“敬”，但私下里呢，避免不了的，还有一个“昵”。西汉的张敞给老婆画画眉毛，就能遭人举报，上纲上线，后来弄得连皇帝也来过问了。所以夫妻之情在文学里，往往被藏匿起来了。有悼亡之情，有相思之意，就是没有日常性的东西。也就是说，那种具体的、柔软的东西被回避了。儒家文化以“举案齐眉”的故事作为夫妻榜样。《金瓶梅》那么越轨，但西门庆和吴月娘之间的床笫生活，始终是一个禁地。原因在于吴月娘的正妻身份。在这之前的《西厢记》，由于莺莺的身份还没分明，所以，月映西厢，绣被初展，王实甫的笔触才敢如此露骨。归有光的其他文章，细读隐隐有八股气，但描写家庭生活的文字，却婉和多态，变得有情致起来。兰陵笑笑生不能登大雅之堂，但归有光可是根正苗红，为文章正宗。我觉得，在这方面的题材上，归有光是一个突破。他的主要价值也在于此。

再后来的《浮生六记》里，开篇即是《闺房记乐》。其实这是对一种生活情致的明确肯定，甚至张扬。闺房生活，也是日常生活的核心。但在这篇文字里，我不想过多地来写《浮生六记》，而是想写一写清人蒋坦的《秋灯琐忆》。明清时代，南方有很多文化气氛浓厚的家庭——典型的如《午梦堂集》中的叶绍袁之家——很多女性能诗善画，多才多艺。蒋坦与秋芙（秋芙，这个名字让我一下子想到贺铸的一句词，“红衣脱尽芳心苦”），由青梅竹马而为恩爱夫妻。家庭生活是琐屑的，能保持着一种情趣，其实是极不容易的。他们把自己的住处命名为“夕阳红半楼”，纯美而闲适。他们吟诗、弹琴、修佛、下棋、会友、赏景，过的是艺术生活。可是字里行间，却隐隐有一丝难以排遣的怅惘。我想，一定有很多粗粝的东西，被过滤在文字之外了。越是完满的生活，越容易让人产生意犹未尽之感。秋芙比《浮生六记》里的芸娘更富有艺术气质，也更多愁善感。她长期患有肺病，体质也更娇弱。桃花为风雨摧落，零落池上，她拾花瓣砌字，作《谒金门》小词：“春过半，花命也如春短。一夜落红吹渐满，风狂春不管。”正在这时，偏偏忽然来了一阵东风，把花瓣都吹散了，她一阵怅然。这简直是他们夫妻命运结局的一种暗示。秋芙后来病逝，未享长寿。几年后，太平天国军攻占江浙，战乱之中，蒋坦饿死，也只是四十多岁。普通人的生活，真的像一盏灯，在门楣上挂着，看上去流光溢彩，照得满庭花木婆娑，但突然来了一阵风，说被吹熄就被吹熄了。可是，我觉得最有价值的生活，还是这种平凡人的生活，甚至在窘迫困顿之中，仍可贵地保持着一种耐人寻味的美感和情致。

枯桑

如果以树来喻，春天是柳，垂丝欲芽，临水自照，妙曼不可方物。树有姿、有色。唯柳既有姿，又有色，姿色双全。柳是树中最冶艳的尤物。不过芳华刹那，数日姿色便忽忽丧失殆尽。

冬天是桑，老桑，天寒叶落，桑皮开裂，老枝纵横盘空，如将军万里杀敌归来，未解甲胄。

我想到的桑，是枯桑，比老桑更进一步。我写到这里，突然有个感觉，是有关风骨和气韵的东西。老桑属于秦汉。柳属于宋明。秦汉，有风、有骨、有气，好像没有韵。南朝似乎才开始有韵，南朝水汽氤氲。到了近代，李叔同还有句诗，“红楼暮雨梦南朝”。

我考虑问题，不会考证和推理，向来只凭感觉。有个说法，感觉有时是靠不住的。“有时”靠不住，不过话又说回来，“有时”感觉也是能靠得住的。说不定，感觉甚至比感情还更靠得住些。

我想到枯桑，可能与古乐府有关。“枯桑知天风，海水知天寒。”有空旷的空间感，质朴、大气、凛然无情。诗歌里的“无情”，往往是个掩饰，是情到深处转无情。诗歌的表面现象才真是靠不住的。想到枯桑，又想到马，还是与古乐府有关。“饮马长城窟，水寒伤马骨。”古乐府中的很多诗，不会拐弯，直来直去，是硬的。不是生硬的硬，是一种质地，像长城上的方砖。很奇怪，长城拐了很多弯，但长城还是硬的，我的意思是说，长城有一种直来直去的历史感。但一条河，即便是直的，还是柔软的，给人一种纵深的感觉，纵深到遥远之处，就开始九曲回肠地转弯。

枯，没有生命的生命，有绝对意味。绝对的东西，更有力量，置之于死地而后生。比如，背水一战，破釜沉舟。枯桑就像枯墨，枯中有另外的一种新生。

本来是写枯桑，怎么突然又想到了霜天晓角？治大国如烹小鲜，写文章如骑骏马，信马由缰，这种感觉最舒服，就像青春期在梦中跑马。不过快速跑起来，还是要拉一拉缰绳的，不然会人仰马翻，不知所云。行行重行行，到哪儿去呢？“饮马长城窟，水寒伤马骨。”我现在太喜欢这两句诗了，喜欢得立即就想到这个地方。

这个地方，霜天晓角。天色欲明未明，钢青色，清霜如剑，森森逼人。角声深沉，破空而来。此时的人如此庄严豪壮，不可以有丝毫荒废。

我偶尔也会怀念一下裘马轻狂的少年时光。那时候，醉里挑灯看剑，牛得不知东西南北。理想呀、事业呀、爱情呀，好像生活无穷无尽似的，有着无数种触手可及的可能性。那种状态，腾云驾雾，脚不连地。其实，倒也蛮好的。

那么，马呢，现在跑到哪儿去了？

得找一株枯桑拴住它。人生不能太切题，但也不能太离题。

钟鼓

钟声深、远、有余韵。曙色初动，天地仍然昏暗，钟声一声一声传来，天空一层一层地亮了，像是一次复苏或新生。相比之下，“上帝说有光，就有了光”，倒显得太权威、太绝对了，没有任何铺垫和过度。能伴随个声音多好。

当然，这是我的瞎想，上帝是不会赞成的。

山寺里有半夜钟，人间寂寂，那个时刻，钟声从苍茫中传来，深不见底，一瞬仿佛千年。余音有咏叹的意味，也许有几丝苍老。

老电影中，过去的时代，昏暗贫穷的房间里，白发苍苍的老母亲，劝慰遭遇不幸的女儿，轻轻把手搭在她的肩头，颤声说：“孩子，你要自己想开些……”那种苍老的声音，也有咏叹的意味。

张继《枫桥夜泊》：“姑苏城外寒山寺，夜半钟声到客船。”因为钟声，此诗一下子活了，有了呼吸。仅靠一首绝句而获得不朽，是有极大的好运气在里面的。清末学者俞樾把此诗刻碑，抗日战争期间，日人曾起觊觎之念，妄图把它搬运到日本。日本文学的底蕴里总有一缕清寂之感，在他们的艳丽唯美的表象之下，有着某种尖锐和毁灭的东西，而不是真正的温柔。美与死亡同步，如春樱芳华刹那。这一点在芥川龙之介、太宰治、川端康成、三岛由纪夫的作品里，都有体现。“月落乌啼霜满天，江枫渔火对愁眠”，日本人对这种意境，格外有深层次的共鸣。

我们现在看到的钟，都是圆口的了。但在周朝，钟口则是椭圆的，比如战国编钟。到后来，受到外来文化影响，尤其是印度佛教的影响，钟才慢慢变圆的。

鼓声决然、斩截。响一下是一下，一点也不犹豫和含糊。击鼓鸣金。这里的鼓，是战鼓。急促的鼓点，激昂、跳跃、义无反顾。“鼓动”一词，正包含让人前去的意思。

我骨子里抵触任何强制性的东西。

《法华经》中，文殊师利说法，“天雨曼陀花，天鼓自然鸣”，真是奇异之景。好的文章，写到极致，即如“天鼓自然鸣”。《史记》中的某些片段，比如《项羽本纪》《刺客列传》中的片段，《红楼梦》中的一些片段，比如元春归省、宁府除夕祭宗祠中的片段，杜甫的《北征》诗等，都如天鼓自鸣。

我喜欢的鼓声，是民间的、日常的、习俗性的。有时，那种鼓声简直就是方方正正的，像一大块一大块的青，又有点憨，愣头愣脑，又有很结实的质地，没有一丝纹理。

李太白的诗，“长安一片月，万户捣衣声”。捣衣声，也有点像鼓声吧，像木鼓的声音，笃实、有力。一座古老的声音的大城，充满月光、清露，及人类最亘古、最温暖的牵挂。

晨钟暮鼓。

古中国，很久很久以前，一天的开始和结束，是如此的庄重、郑重，都是有声响的。

晴朗的黄昏，夕阳浑圆如一面鼓，我会产生用力擂它几下的冲动。

“窈窕淑女，钟鼓乐之。”《诗经》的开始，即充满了钟鼓声。有人考证，这种婚事、是上层的，贵族的，因为在西周，只有贵族阶层才能使用钟鼓。但诗里还是有一种扑面而来的民间气息，一种世俗而真切的热闹。诗里充满了那么欢快的声响，天地皆震。

遇到美好的事物，仿佛遇到隔世的自己，应该珍惜，应该隆重相见。所以，钟鼓齐鸣。

塔

梁思成在谈中国古建筑的文章中介绍说，塔有单层塔、多层塔、八角形塔、密檐塔、金刚宝座塔等。

《西厢记》里张生初见莺莺，便害了相思。“近庭轩，花柳争妍，日午当庭塔影圆。”这个塔影真美，在中国文化深厚的土壤上，留下一道抒情的弧形。

我登常州天宁寺宝塔，是在七月，天气炎热。正是中午，阳光亮烈，金光闪烁。我登上塔顶，走到塔外，凭栏而立，只见蓝天万里，清风浩浩荡荡，宛若波澜起伏，层层叠叠涌来，无穷无尽。无数檐铃一片繁响，音韵明脆。当时真有“我欲乘风归去”之感。

天宝十一载（752）秋，杜甫登临长安慈恩寺塔，写下千古名作《同诸公登慈恩寺塔》。诗里有慷慨不安之感，注家以为这是缘于杜甫对当时时事的深切担忧。我登此塔，是在某年冬天。那天早晨，天空晦暗，我登塔而望，只见高楼林立，车水马龙。上来，下去。了无所感。在一个粗糙的时代，心灵贫瘠，诗意匮乏，生存的美感需要艰难地挖掘和创造。

到少林寺，我特意去塔林看了看。黄昏，每个塔尖都涂上一抹微弱的夕阳。山壁林木苍苍，有鸟儿飞来飞去，无声无息。我在塔林间转了一会儿，心情变得平和起来，无思无虑。

前年，我去婺源，返回的时候，在一个农家小院用晚餐。那儿有个大河湾，河水湍急，周围有连绵的小山坡。油菜花正在盛开，一片一片，空气甜腻腻的。河湾上立座高塔，砖式建筑，很有气势。我很想登上去看看，可惜塔门锁上了。有一老者说，此塔有三百多年历史了，由于这段河水旦有青龙盘踞，夏天经常为患，昔人便建了这座高塔来镇住它。日暮，我沿着小山坡走了很远，春天生机勃勃，天空却异常宁静。不知为何，我突然想到了德语诗人里尔克——一个永恒的漂泊者。

十几年前，我和一位同事老赵去阜阳办事，曾在文峰公园登文峰塔。据说康熙时此处文风颓靡，所以人们便建了此塔，以振文风。我喜欢这个塔名。在此塔顶层，老赵在塔缝里发现一方白手帕，上面好像写着一个人的名字。过了很长时间，老赵对这方意味深长的白手帕仍念念不忘，他觉得这里肯定蕴藏着一部“琼瑶剧”。

废名的小说《桥》，开始曾打算拟名为“塔”。后来听说有作者曾用过这个书名，便更名为“桥”。废名死于文革。一代文学奇才，狷狂不羁，晚年却努力改造自己，以求思想“跟上时代”。死时寂然，遗体由其子用板车运往火葬场。临死之前，他说：“我宛在水中央。”这话犹若他的文章，值得让人反复回味。我却感到有些悲怆。

镜子

在民俗中，镜子能把人的魂勾去。它具有摄取的作用。这一说法，在《红楼梦》中可以找到证实。宝玉在梦中喊道："宝玉快回来，快回来！"袭人推醒他，才知是镜子照着自己的影儿了。麝月一时也想起了老太太的说法，说小孩子屋里不可多有镜子，小孩魂不全，镜子照多，就会做噩梦。

过去在我们这儿，大门如果正对着大路，据说就犯了某种大忌。为防家室不幸，可以在门旁悬挂一枚镜子，这样便可破解了那些未知的极有可能发生的种种不测。

就我的阅读范围来说，博尔赫斯是一个对镜子最为敏感的作家。他的迷宫是由一系列镜面构成的。在他最著名的诗篇之一《镜子》中，他开宗明义地宣布：我对镜子怀有恐惧之感。在其小说《通天塔图书馆》中，镜子作为一种必不可少的道具存在："门厅里有一面镜子，忠实地复制表象。"《乌尔里卡》里，一个男人占有了一个女人肉体的形象。而他们的床铺就反映在一面模糊的镜子里。镜子里的世界，如此绝望，又如此忧伤。在另一篇小说《特隆、乌克巴尔、奥比斯·特蒂乌斯》中，镜子又出现了。文中写道："我们发现（夜深人静时那种情况是不可避免的）凡镜子都有点儿可怕。镜子和交媾都是可憎的，因为它们使人的数目倍增。"

把镜子和交媾连在一起，让我想到武则天。这位不可一世的女人曾在洛阳宫殿中布置了一个全部由镜面组成的房间，专门用于她和高宗的密戏。在那种酣畅淋漓的时刻，她要把自己的快乐无数倍地复制和扩大。我们看到，一个思考世界的人和一个主宰世界的人，他们对待一面镜子的态度，其差异是如此之大。

《三国演义》第四回，《废汉帝陈留践位，谋董贼孟德献刀》。曹操行刺董卓，机缘巧合，眼看就要心想事成，结果却又功败垂成。原来在此千钧一发的节骨眼儿上，一面镜子让一切（历史的命运或者说小说的叙述）发生了改变。

峰回路转之处，时常有一面镜子潜藏着。如此，人生才成了一出戏。出乎意料，难以操控，忧乐不定。是悬念构成了戏剧性，而不是相反。也许锣鼓喧天，也许静水流深，但是，总有种种热闹之处吧。

芭蕉

我小的时候，父亲在院角种过一株芭蕉，但我不喜欢，那么高的个子，那么大的叶子，就是不开好看的花。它动起来，动得轰轰烈烈，格外夸张，似乎随时要发生点什么；静起来，又静得湛然如水，仿佛永远什么也不会发生，没有一点意外。

我小的时候，父亲是多么的年轻，既温文儒雅，又意气风发。如今，父亲老了，两鬓斑白，我倒喜欢上芭蕉了。

芭蕉清虚，不给人沉溺沾滞之感。它的叶子一层一层，东一片西一片，错错落落，似乎层出不穷，舒展而不涣散。套用一句散文写作上的老话，叫形散而神不散。

对海棠如对红妆佳人，对梅花如对素衣知己，对绿竹如对琅嬛韵友，对芭蕉如对昆仑高士。

惊蛰之后，芭蕉舒叶。它开始比我矮，但很快就比我高了。

我拉拉芭蕉的叶子，想起小时赶庙会，茫茫人海，我紧紧拉住父亲的衣角，怕走失了。父亲走一步，我走一步。

大家在一起，骨肉相连，其实，沧海桑田，到最后，都要自己走。但大家仍要相互紧紧拉着，不能在疾逝的无情时光中走失。

情歌里唱："花红易衰似郎意，水流无限似侬愁。"岁月如荡子，生命如好女。生命款款情深，岁月却仍然弃之不顾。

但转念一想，天高地阔，也没有什么大不了的。有花观花，无花观叶。饿了吃饭，困了睡觉。活就好活，死了拉倒。悠游往岁，天奈我何？

芭蕉未展时如何？答：晴天一鹤。芭蕉展后如何？答：芭蕉。芭蕉有多高？答：撑天拄地。

最喜雪里芭蕉意象，剑气森森，有凛冽之美。漫天皆白，好雪——大得可以杀人。

雪隐鹭鸶

作家格非有部解读《金瓶梅》的随笔，叫“雪隐鹭鸶”。此名出自《金瓶梅》中的两句诗，即：“雪隐鹭鸶飞始见，柳藏鹦鹉语方知。”暗喻世事人情的叵测。雪隐鹭鸶，意象极美。以前读到这两句诗时，我就很喜欢，后来又忘了，经格非特别拈出，似乎又添了几分魅力。

鹭鸶，飞起来很轻盈、舒展，尤其在河面上缓缓飞行，影映碧波，像一小片云——是不“穿裤子的云”（苏联诗人马雅可夫斯基语）。鹭鸶的飞翔姿态比鸽子要好看得多。鸽子太笨，我是说肉鸽。鹭鸶，听起来又像露丝，某个西方女人的名字。多年前，我曾到一个绿树包裹的小村庄看鹭鸶。黄昏，成千上万只鹭鸶从远处的天空归来，栖息在村子茂密的树冠上，如雪片纷纷。

雪隐鹭鸶飞始见，我感兴趣的不是某种细微的区别，而是一个独立的个体与环境的融合无间。雪隐鹭鸶，而非画屏绣鹧鸪。鹭鸶是一种独立的生命，这种生命融入一个广阔的环境，但又享有自身的自由，它可以飞，也可以落。相比之下，画屏上的鹧鸪，虽然华丽，却是死的，生命受制于客观环境。这两个意象正可以说明两种不同的生活和精神处境。前者是灵动的、自在的、出入无碍的，充满诗性。后者是干瘪的、刻板的、受束缚的，役于物，役于金钱，役于盛大的欲望。

如果再往前想一想，雪隐鹭鸶其实还隐含着一个传统的习惯性的认知方式。雪和鹭鸶之间，同色，但不同体，有一个边界，但也可以不触及这个边界。它是诗性的、富有美感的。

我们的认知方式通常是化繁为简，《道德经》式的，"遥望齐州九点烟，一泓海水杯中泻"，比如李贺的这两句诗，即是这种认知方式的产物。但我们的感知方式却是整体性的、齐物的，"天地一指，万物一马"，一花一世界。这又是庄子式的了。"滟滟随波千万里，何处春江无月明"，同样，张若虚的这两句诗，即是这种感知方式的产物。

我们向来有个富有美感的心灵，我们对于这个世界，向来有一个"诗的感觉"。这种感觉来源于天地自然。如果没有这种感觉，我们便不能说我们懂得生活，更不能说我们会生活。这种感觉让我们避免了成为一座"孤岛"。"何方可化身千亿，一树梅花一放翁"（陆游诗句）。心与心相通，推己及人，推己及物。这样才能对日月山川、天地万物，产生一种宽泛的爱意，而反过来，日月山川、天地万物，对我们的心灵又提供一种绵绵不绝的浸润和涵容。有了这份通透深邃的人情物意，所以高门大户的贾府，可以接纳一介之微的刘姥姥，而无尊卑之隔；贾宝玉于竹篱茅舍中，能够注意于乡野纺线丫头的憨朴爽美，而恍然自失。所以才可以产生出泯灭生死、奇情幻彩、仪态万方的《聊斋志异》。

时代的荒芜，即是心灵的荒芜，反之亦然。

《五灯会元》里有个禅僧说：“鹭鸶飞入碧波中，抖擞一团银绣线。”真是一种生机勃勃的生命存在，饱满的、飞扬的、活泼的、欢快的，没有一丝颓废和衰飒。雪隐鹭鸶，雪没了，鹭鸶却在，天地一新。原来那无边白雪，都化作了这一江春水。

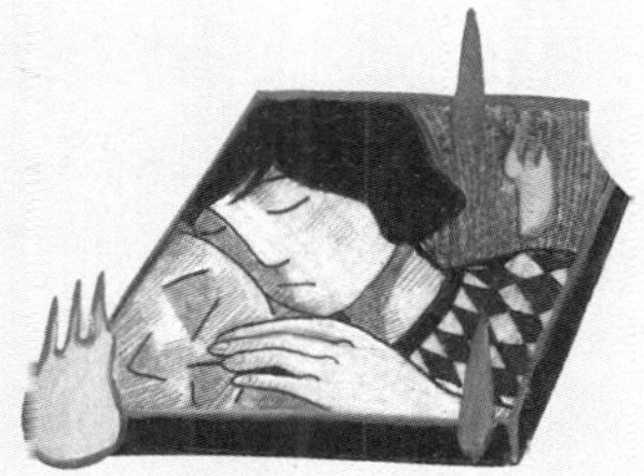

好书过眼

辑二

读《晋书·嵇康传》

嵇康身材高大，七尺八寸，折合成现在的尺寸，就是将近一米九。《世说新语》里对他的描写是“萧萧如松下风，高而徐引”，可以想见其风神。

读《世说新语》里的嵇康，我有时会联想到贺知章对李太白的评价：谪仙。

希腊人懂得欣赏人的身体之美，中国人懂得欣赏人的风神之美。

嵇康的诗理胜于情，但理性又往往胜于理趣，不如阮籍的内蕴丰富。嵇康的四言句“春木载荣，布叶垂阴”，王夫之赞叹，“写气写光，几非人造”。其实这样的句子，若放在陶渊明的集子里，也许就会被淹没了。

但嵇康乃超一流的音乐家，《广陵散》就有传奇色彩。他“手挥五弦，目送归鸿”，是一个高士。

嵇康和道士孙登游，孙登沉默自守，一无所言。嵇康临去，孙登却道：“君性烈而才隽，其能免乎！”世外人往往是因为洞达世内事，所以才悠游于世外。孙登对当时政局境况中嵇康的命运，看得透彻。

同为绝世之才，山涛年长嵇康十八岁，但一遇嵇康，两人便为神交。山涛的妻子韩氏也是个有眼光的人，偷偷观察过嵇康和阮籍，认为自己的丈夫虽才智不及二人，但以识度见长。

阮籍，一位消极而委婉的反抗者。绝世人物，心有大痛。阮籍穷途痛哭，内心无可告慰，深旷如渊，何其悲也，何其无奈也！嵇康高峻峭拔，阮籍盘曲郁结，山涛浑厚深邈，都是委委佗佗，如山如河的人物。

山涛，衣冠风流。蕴藉，是一种更耐人寻味的风流。山涛高寿，七十八岁而终，内在的力量山高水长。

嵇康，魏晋风度。嵇康平时喜怒不形于色，这只是一种良好的修养，并不是世故。其处世恰恰是刚正不阿、不轻易妥协的。近代的鲁迅和他心气最为相通。怅望千秋，异代知音。古代第一女诗人李清照对他也是惺惺相惜，咏赞道：“所以嵇中散，至死薄殷周。”她也是从风骨大义着眼。

嵇康为魏宗室之婿，山涛却和司马懿同郡，又和司马懿的妻子张氏有中表亲。不同的背景关系，会导致不同的人生命运。在宗法社会，这简直是宿命性的。

嵇康给山涛写绝交书，表面是写给山涛的，其实是小题大做，公开向司马氏表明了自己拒不合作的态度。所以《晋书》引用此信后，写了一句："此书既行，知其不可羁屈也。"但是谁知其不可羁屈呢？《晋书》含糊其辞，但不言而喻。

嵇康柳树下打铁，在后世看来是一种美学形象，但在当时就表达了一种态度，是一种反抗姿态。钟会兴冲冲来访，嵇康傲不为礼。钟会离去，嵇康问："何所见而来，何所闻而去？"不动声色，但咄咄逼人。归根结底，这还是政治立场的问题。嵇康的态度旗帜鲜明。钟答："见所见而来，闻所闻而去。"机锋往来，如参禅，其实暗藏杀气。

嵇康将刑于东市，太学生三千人请以为师，司马昭不许。当然不许。这么多人支持嵇康，恰恰暴露了嵇康的影响力。影响力本身就是一种力量。所以，不合作，即反抗。对司马氏来说，影响力越大，其潜藏的危险性当然就越大。《晋书》写嵇康披刑，是因钟会之谮，这只不过是一个表面上的诱因罢了。

嵇康死时，时年四十。"海内之士，莫不痛之"。这又说明了嵇康广得人心。

嵇康临刑，顾日影而索琴，一曲抚罢，长叹："《广陵散》于今绝矣！"

太多的人，什么都好，就是所谓的高大上。但，就是缺少人气儿、真气儿，就像小庙里的神像，端然而坐。人们供着它，多是因为有求于它。如果无求于它，供着它也只是供着。嵇康，是一位真性情之人。

数风流人物，还看魏晋。一种高情逸致，一种风度之美，于今绝矣。

庾信文章

庾信四十二岁之时，由养尊处优的梁朝羁留北朝（西魏和北周），然后又身居高位，内心有分裂感，甚至耻辱感。这种感觉，始终伴随着他的余生，如月色一片，“玉户帘中卷不去，捣衣砧上拂还来”，只是这种月色有些凄凉，是残秋的。中年易感怀，而在古代，四十岁就已算老年了。

魏晋易代之际，阮籍内心也是冰火两重天。作为时代的顶尖人物，嵇康死得干脆利落，阮籍却活了下来，他经常以酒疗伤，但我相信阮籍的内心深处也有耻辱感。《咏怀》诗中的隐晦部分，才是阮籍最真实的情感。那种分裂感和耻辱感就潜藏其中，成为影子中的影子。庾信的《拟咏怀》，比阮籍更明晰地流露出自己的想法。分裂感和耻辱感，入清之后的吴梅村体会得更加尖锐和深刻。

有的人只鄙弃自己得不到的东西，只排斥自身不具备的东西。庾信在气质和深度上更多地影响了杜甫，在表现形式上更多地影响了初唐诸子。

前段时间，我在乡村居住，暮晚到外面散步，大野静谧，玉米和大豆幽暗的影子使大地变得深广无比。我抬头望天，群星如斗，摇摇欲坠而未坠，实则万古炳炳如斯。此时只可心静如水，即便有深痛和大悲，也只能把它们暂时搁在一边，如石沉于湖底，不可碰触。生活环境决定着一个作者的艺术境界。我深切领悟到陶渊明的田园诗不可能繁杂，王维的辋川诗只可能淡然。在乡村生活久了，如果习惯并喜爱上这种环境，那要么无思无虑，活得像一株植物，要么沉入冥思，变成一个乡村哲人。激越的人会远走高飞，平和的人会留下来，在一粒尘埃里越陷越深。

《舟中望月》，可直入孟浩然集中而毫无突兀之感。“天汉看珠蚌，星桥视桂花”，悬想奇丽，又可让人联想到李商隐。《上益州上柱国赵王二首》，其二有句，“寒沙两岸白，猎火一山红”。“猎火一山红”，是大写意。“一山红”写出了一个宏美的意境。写火写得精雕细刻，只能去小说里寻找，比如川端康成的《雪国》里的那场火灾，再比如阿城的《树王》里的放火烧荒。庾信的韵脚在北朝变得清峻、硬朗，如霜后槐枝横空，峰峦森森。

庾信壮硕，据说腰带十围。胖子有沉稳之气，北朝时的庾信，其诗也有沉稳之气。沧桑兴亡之感，又让他沉郁。北国的深秋和寒冬，长风烈烈，天高地厚，白水悠悠，远山苍苍，身在其中，且歌且谣，一唱三叹，生和死、盛和衰都不加任何掩饰地被呈现出来，那么清晰，那么凛然，那么豪纵，那么无奈，让人慷慨不能自已。南朝胜事凋零，江国如梦，残酒斜阳之中，惘然无尽。此生是耶？非耶？荣耶？辱耶？而长空一雁，孤鸣着悠悠远去了。

杜甫的小船

杜甫之诗有力，力能扛鼎。力，非仅指力量，实含精、气、神在内。“日月低秦树，乾坤绕汉宫”，出自《投赠歌舒开府翰二十韵》，此句写于安史之乱前。杜甫年过四十，在长安混得失魂落魄，没头苍蝇般，东一头西一头到处寻找门路。“星临万户动，月傍九霄多”，出自《春宿左省》，此诗写于安史之乱后。杜甫“麻鞋见天子，衣袖露两肘”，一路狼狈不堪，终于从长安来到凤翔，见到肃宗。第二年，他谋了个左拾遗的小官，吃上皇粮，衣食暂有着落。然无论乱前乱后，他的诗句气魄俱大，依然有盛唐气象。

《三吏》《三别》——古代中国强烈的心跳。尤其是《三别》，描写了烽火连天、生灵涂炭的现实，然而，世情的执著与大信不丧，惨痛中却有显豁。若一江春水，千回百转后，终澎湃东流。

千年后读之，仍使人几欲泣数行下。读杜诗，你觉得这简直就是苦难重重的古代中国本身所发出的声音，是一种理所当然的最中正的声音。白居易的新乐府无此力量，相形之下，显得轻忽。白居易推崇杜甫道："天意君须会，人间要好诗。"

十年前，我喜欢《秋兴八首》之类千锤百炼的篇什。如今，人到中年，我还是觉得《三吏》《三别》等篇什亲切无隔。杜甫有着卓越的写实才能，独步千古。这种写实才能，把他的个人遭遇与时代遭遇完美地结合起来，是为"诗史"。

杜甫晚年的诗歌，沉郁悲壮中夹杂些许凄厉，宛若秋风贯林——秋风的衰飒，肺病患者对此的感应尤其强烈。杜甫属于秋天的诗人。韵脚时而密如鼓点，却又略显执拗，顿、挫，像一个人家里有急事的人，没法耐住性子，只好深一脚浅一脚、磕磕绊绊地往前跑，荒山野岭，月黑风高。这种韵脚，应该也与他的肺病有关系。

大地上，他失去一切物质上的依凭，只有一条小船，漂泊在湘江之上。他眼花、耳聋、右臂偏枯，患有肺病、风湿、消渴疾（糖尿病），满头萧疏冷寂的白发，破衣烂衫，容颜衰老丑陋，但他的心气儿却始终不衰。即便他在诗里嗟老叹穷，却仍给人一种秋老虎般的热切感觉。这个老人间或在渔市摆摊卖药（他精通药理，沦落长安时就曾操过这等活计），借以果腹。

最后，他就死在这条小船上。

这条小船，成了他生活中一个层层叠叠的隐喻。

也可以说，这条小船几乎是所有诗人生活归宿的隐喻。

他的儿子无钱安葬他，只好把他的棺材暂厝在岳州。后来，他的孙子杜嗣业借贷乞讨，辗转努力，终于把他移葬至首阳山下，让他与他崇敬的远祖杜预、引以为豪的祖父杜审言安葬在一起。灵柩路过荆州时，杜嗣业遇到遭贬谪的诗人元稹。杜嗣业请元稹为祖父写篇墓志铭。元稹把杜甫置于李白之上，称其为“古今诗人之集大成者”。

而这已是杜甫死去四十年之后的事了。也就是说，这个伟大的诗人，被他的时代孤零零地“悬置”了近半个世纪，才真正回归大地，入土为安。

读白居易

在中国，热爱生活，就等于热爱廿俗。会生活，就等于会享受世俗。白居易身上的世俗化，在宋人身上体现得更充分更精细，当然，也更明显。比如苏轼身上。世俗不容易拿捏，一不小心就变得庸俗。而世俗绝不等于庸俗。“浮云世事改，孤月此心明。”（苏轼《次韵江晦叔二首·其二》）世俗是有底线的。

白居易的诗风平易，平易本身就是一种世俗性的体现。白居易的平易有一致性，他从少年时就很平易了。白居易少年时即为生计奔波，是一个过早就经受生活历练的人。《长恨歌》描述的是天上人间，帝王和妃子之间的爱情悲剧，但骨子里是世俗的、平民的。

白居易在日本文学中影响甚大，李商隐在中国文学中影响甚大（就诗歌艺术本身而言，李商隐的影响要大于白居易），而白居易喜欢李商隐。他的墓志是李商隐作的。还有一个极有趣的现象，就是李商隐喜欢杜牧，而杜牧不喜欢白居易。文人们在文学趣味方面，最容易乱套。

柳宗元的诗，“千山鸟飞绝，万径人踪灭。孤舟蓑笠翁，独钓寒江雪”，描述的既是一个自然境界，也是一个艺术境界，清凛近禅。白居易的诗，“绿蚁新醅酒，红泥小火炉。晚来天欲雪，能饮一杯无”，传递出一种吟咏不尽的人间况味和人生况味，写出了广漠人生中的小小温暖、小小乐趣。世界很大、很丰富，其实属于自己的东西很少，所以，世界也很空洞。人生看上去很热闹，其实深藏着孤独和寂寞，所以，人生苦短，人生也苦长。而对于大多数人来说，寒江独钓，往往只是一种高旷的姿态，或者说是一种行为艺术；人活着活着，倒是会不知不觉对眼前那杯新酿的甜酒和那团红红的炭火格外珍视起来。年轻时，喜欢舍近求远，但慢慢地，就会舍远求近了，甚至只爱伸手可及的事物。

我偶尔会在街头见到修自行车或修鞋子的手艺人，有时也挺羡慕他们的，虽然发不了财，但也饿不了肚子。他们对生活、对命运安之若素的那种神色给人一种镇定之感，在尘埃中，他们活得那么笃定、踏实。他们的人生是一种结结实实、毫不掺假的人生。

白居易没有王维优雅贵气，也没有刘禹锡倔强。勇猛精进的《新乐府》题材之后，激流涌入深潭，白居易变得平和，他学会安然接受人生的缺憾和局限，并能从中寻找一些适意之处。但中老年男人身上，普遍有一丝隐秘的悲怆和无奈的气息，会在暮晚和静夜悄悄散发出来。就诗歌艺术而言，我个人不喜欢《新乐府》和《秦中吟》这类作品。这类作品的社会现实意义虽然凸显出来了，但浩渺的人生意蕴却减少了。最终，诗歌的社会意义变成了社会学上的意义，诗歌自身的生命却年老色衰了。同样是现实题材，杜甫的《三吏》《三别》就渊广浑厚，感人至深。白居易的核心价值保存在《长恨歌》和《琵琶行》等作品里。

李煜

况周颐《餐樱庑随笔》中有一则："中国以牡丹为花王，日本以樱花为花王。牡丹以浓艳胜，樱花何其娟倩。余谓花王中之樱花，甚似人王中之李重光，高出庸主万万。"

李重光，即南唐后主李煜。

娟倩，应该含有柔美秀丽之意。况周颐评价李煜的人生价值，还是从其文人身份的一面来着眼的。文人为政，和武夫当国一样，都是站错了地方。

李煜的词不多，少年时代，我几乎全都背下来了。对于我这个记忆力极差的人来说，实在不可思议。

李煜太率真，率真不一定单纯，但李煜的情感又很单纯。在文学中，单纯是一种力。他单纯到可以不用任何典故和雕饰，像一阵夏日的雨水，哗啦一下，就赤条条地降下来了。别人表达自己常常要想一想，他是不假思索。

大多数人，说是成熟，其实不是成熟，而是衰老。真正的成熟，是圆融而不失赤子之心。

王国维在《人间词话》中看到了李煜的赤子之心，对之极度推崇。当然，李煜不是一个圆融的人，圆融属于智者。他是一个文人，身上有一种文人普遍的稚气。

由于命运和才华的相似性，有人附会说，赵佶是李煜的转世。但赵佶的生命内蕴中似乎缺少李煜的清洁之感。那种历史的长河里年深日久积累下来的江南文化气韵，在李煜词里得到最完美的体现。富贵得有清润之气，这才是格高。

其他情感可以掺点假，但一国之君的亡国之情最是发自肺腑。李煜虽因抒发亡国之音而断送了性命，但他的词居然没有被禁，其流传丝毫没有受影响。这在明清是难以想象的事。

李煜词里，丝毫看不到悔恨、负疚或反思之意，多是对往昔生活的追思和怀恋。他就是这样真实，没有什么概念化、约定俗成的东西。这样反而使他的词变大了。他的至深至广的悲哀中居然没有丝毫凄厉，你看，“问君能有几多愁，恰似一江春水向东流”，有一种始终如一的优美。秦观在生命晚期，感伤中偶尔带有凄厉之音，“春去也，飞红万点愁如海”，有某种相互冲撞性的隐隐不安感。这是属于天性里的东西。在绝境中保持一种生命的优雅，这种优雅，也是汉语的优雅。

有的人，活了漫长的一辈子，经历的也不少，但生活和世界对于他，就像冷水泡石头，他对此没有任何感触。有的人则如春雨浇花，一下子就开了，开得满满的。敏感也是一种力，一种更细腻持久的力。

《儒林外史》中杜慎卿和季苇萧在莫愁湖举办旦角选美比赛，色艺双绝者，赐金杯一座，上刻四字：“艳夺樱桃”，实在形容得妙。如果不亡国，李煜的词可能会以清艳的风格流传于世，像比樱花还要艳的樱桃。雨后的樱桃，更有一种清艳。但命运从来都是由不得自己做主的。

斜阳

宋词善于传情，正如唐诗善于达意。

我觉得真正能代表宋人性格和气质的，是宋词，而非宋诗。宋词更柔软，几乎是液态的，是流出来的，而非写出来的。

晏殊的词珠圆玉润，这是从风格上来说的，然而这种风格并非被打磨出来的，仿佛是被涧流冲击出来的。

少年时读晏殊的词，容易读浅。等到内心有了很多经历后，才能领悟到其词的深微之处，深微中还有一丝沉郁和幽眇。

晏殊幼时聪慧异常，少年得志，早享富贵，是承平宰相。正是因为承平，所以，才能更从容、更精细地对生命和人生做咀嚼、回味、观照和反思。他的词是波光潋滟，但又不是波澜起伏。词里那种内敛而又相对节制的情绪波动和涌流，特别优雅迷人。

晏殊长于识人，喜欢奖掖后进。据说他曾送二语给王安石："能容于物，物亦容焉。"此语能达大道，晏殊是专对王安石而言的，似乎别有用心。王安石特立独行，当时颇不在意，晚年退居钟山，回想自己一生多与物忤，始叹悟晏殊当初的点拨之意。

晏殊清瘦如削，饮食甚微。我总觉得瘦人天生就适合写抒情的诗。

晏小山说其父平日为词，未尝作妇人语。也不是如此绝对。但晏殊之词，寄兴深远，并不牵绕于儿女之情。他也写相思，但不能全作相思看，里面有很多复杂隐微的意思。具体是什么意思，又并不能说清楚。反正，晏殊笔下的相思，要比《花间词》里的相思深微得多。一个在政治权力核心圈子里生活过的人，其心境、其心曲不可能过于单纯。

小山词是儿女情长，晏殊词则是雅人深致。少年时情意绵绵，喜小山，"今宵剩把银釭照，犹恐相逢是梦中"。中年后伤于哀乐，喜晏殊，"昨夜西风凋碧树，独上高楼，望断天涯路"。心随境转，情怀有别。荒凉或繁华，不是世相，而是心境。在沙漠里，守着一株草或一朵花，同样会感到无限满足。

有的伤，一笑疗之，一笑了之。有的伤，忍一忍，也就好了。有的伤，不可疗，只能忍，忍到最后，也算过去了，不好也好了。有人说，人在惊恐之后，奇渴。但在大痛之后，也会奇渴。极端的情绪，导致了反常的生理现象。

一涉情缘，便易纠葛。这个情，不仅仅是男女私情。宇宙万物，都可以有情缘。爱物成癖，其实，不也是一种情吗？没有纠葛，形同草木。有了纠葛，又情到深处人寂寞。人，很难做到风光洒然，物我无碍。然而，人生世界，又从来都是在一团矛盾之中的。只有在矛盾之中，人才会寻求调和和超脱。这样很无奈，但也很好。如果更达观一些来说，那就是——也很美好。

文化至宋时，气质又回到六朝，变得阴柔内倾。宋词也有一种庭院深深深几许式的封闭性。晏殊词里弥漫着一种黄昏意象。“夕阳西下几时回”“紫薇朱槿花残，斜阳却照阑干”“斜阳独倚西楼，遥山恰对帘钩”“画阁魂消，高楼目断，斜阳只送平波远”“一场愁梦酒醒时，斜阳却照深深院”。这里面有一种永恒的、永远难以摆脱的无奈，有时序、岁月、人世，以及某些命定的规律性的东西。生命中，有种种莫名其妙、细细碎碎的纠缠不清。其实，也许可以说，几乎所有的婉约诗人都有一种黄昏意象，都善于运用夕阳、明月、杨柳、池塘、芭蕉、雨水、亭台，这些普遍作为出现在古典诗词中的道具或符号。

晏殊的词，还是“小院香径独徘徊”式的对景难排，一个人走来走去，在一个有限的范围内试图安妥好自己的身心。到了苏轼，才有了“我欲乘风归去”的飘然高举。

王安石写诗

王安石写诗，让我想到嵇康在大柳树下打铁，叮叮当当，炉火通红。

五台山下铁匠铺里的师傅，给鲁智深打的是禅杖和戒刀。嵇康在柳树下打铁，打的是什么呢？

王安石晚年的诗句，给我一种银质的感觉，不是铁质。铁太硬、太冷。

宋人喜欢读书，热爱学习。印刷书籍的普及，又给学习带来了便利。凡有井水处，皆歌柳词。柳永的词在宋朝属于通俗类，能够在平民中广为流行。但在现代人看来，还是很高雅的，属于阳春白雪。有多少中文系的学生能欣赏柳永的词？现在凡有广场处，人们皆听《小苹果》之类的歌。

王安石在写给曾巩的信中，夫子自道曰：“勤学好问，于书无所不读。”

他的《州桥》诗：“州桥踏月想山椒，回首哀湍未觉遥。今夜重闻旧呜咽，却看山月话州桥。”

此诗的结构和立意，借鉴了李商隐的《夜雨寄北》（“君问归期未有期，巴山夜雨涨秋池。何当共剪西窗烛，却话巴山夜雨时”）和刘皂的《渡桑乾》（“客舍并州已十霜，归心日夜忆咸阳。无端更渡桑乾水，却望并州是故乡”）。

王安石对前人，尤其是唐人的好诗好句，有一种心不由己的占有欲。西方近代诗人说，小诗人偷，大诗人抢。王安石和黄庭坚都喜欢抢。更准确的说法也许应该是，黄庭坚巧取，王安石豪夺。

王安石性格执拗，诗歌风格有峭拔的一面。叶梦得《避暑录话》载，王安石不耐静坐，非卧即行。但他晚年的诗句却工稳沉静之极。

托尔斯泰的性格也很急躁，但从他的小说叙述上来看，却有无限的惊人的耐心。

汉唐有气。汉是气势，唐是气象。汉仍秉承着秦楚的霸气。唐的精神中则灌注了佛教和禅宗的宁静。到了宋，则有了趣。宋人把目光投向了日常细节，并从中发现了新的趣味。明人的趣味则更趋精细，味则更浓。但趣味是个很危险的东西。味，如果流于琐屑，就变质了。而凡有味的东西，又容易变质。

王安石晚年退居半山，思想归于佛。其诗亦有禅趣。“晴日暖风生麦气，绿阴幽草胜花时”，此类句子偏于理。“春风日日吹香草，山北山南路欲无”，似有禅趣。王维晚年的辋川诗有禅意。禅意是草色遥看近却无。禅趣是春草萋萋，春水碧色，着了色相，有了痕迹。没办法，王安石、苏东坡和黄庭坚等，只能达到禅趣。

苏东坡的影响力大，但如果从诗歌技艺来说，王安石对宋人的影响更大。他越俎代庖地影响到了苏东坡门下的黄庭坚。陈师道多多少少也应该受到了他的影响。苏东坡的诗歌主要靠才气和性情。而才气和性情是没法模仿的。李白没法模仿，但杜甫可以。

陈师道论这三人的风格，说王安石的诗工，苏东坡的诗新，黄庭坚的诗奇。

王安石写词道：“尘不到，时时自有春风扫。”天资超然，又勤于自励。北宋那些人的胸襟清旷无尘，也是这般干净的。

时女步春

秦观的词，我读得比较多，情窦初开的时候，班里的小女生在心头晃来晃去，秦观的词读起来就特有感应。说来奇怪，我虽少不更事，却大有身世之感。后来我就读得少了，现在却没有重读的心境，不知以后还有没有。

秦观的诗，我读得比较少。最近读他的诗集，开始的时候，我是一首接一首地读，但读着读着就开始跳跃式阅读。反正我就是好读书不求甚解。好读书，如果处处深入精研，很可能会成为一个好学者，倒未必可以成为一个好作者。好作者都是很自我的。

南宋诗人敖陶孙论秦观诗，说其诗“如时女步春，终伤婉弱”，颇有微词。元好问称秦观诗为“女郎诗”，则近于挖苦。文学创作不是沙场秋点兵，时女步春倒是很美的。天意怜幽草，在遒枝劲条的美学森林中，婉弱作为一种风格，挺好的。

徐渭是豪奇之士，却偏喜秦观之诗，这是心理美学上的怜香惜玉。徐渭说秦观的诗有的介于中晚唐之间，其实很多可以直追至六朝。“雨砌堕危芳，风轩纳飞絮”“璧月鉴帘栊，珠星络梧楸”，这几句有典型的齐梁风格。秦观如果想偷渡到六朝，不用蒙混，即可过关。当然，文学本来就是藕断丝连的。这个丝，很长。丝接千载，思接千载。

秦观当时诗名亦盛，有宋一代，诗人辈出，群星璀璨。前辈诗人——欧阳修、王安石，百代风流。师友中，苏轼、黄庭坚横绝一世，陈师道、张耒等人，都不是软茬儿，他自己的词又写得太好，他的诗名慢慢地就被淹没了，他的词反倒成了出水莲。

从秦观的心理感受能力和艺术的敏感性来看，他倒真应该到六朝或晚唐写诗去。但好在他把这部分天才充分转化到词里，从这点来说，作为一个诗人，他生在北宋又实在太幸运了。但话又说回来，宋朝人中多了一个六朝人写诗，这诗倒也别致，自成一种风景。只是与诗相比，我还是更喜欢他的词。

他的诗五言古体最多，这种文体较为安分守己，不容易凸显创作个性。而我更喜欢他的绝句。他的一些七绝，疏朗清新，让我想到晚唐的张祜和南宋的姜夔。“天寒水鸟自相依，十百为群戏落晖。过尽行人都不起，忽闻水响一齐飞。”我读他的《还自广陵》，不知为何，老隐隐约约感觉有刘长卿的影子。这首诗也不算太有特色，很多诗人都能写得出。比如，杨万里。

我独坐电脑前写这篇文字的时候，外面阳光多么明亮啊，从楼上望去，世界大得几乎让人茫然。绿树成荫，春色已老。西沙河边的樱桃也该微红了。钱钟书说秦观的诗，内容比较贫薄，气魄显得狭小，但修辞倒极精致。我觉得这一点也像樱桃。秦观的诗是红透的樱桃。但钱钟书从气魄着眼，到头来还是认同了敖陶孙所言的“婉弱”。

我不太喜欢吃樱桃，樱桃甜，却不经吃，没有太多余味。但我喜欢看樱桃。如果有漂亮女孩子从红艳满枝的樱桃树下走过，那我就更喜欢看了。

小红低唱

我喜爱姜夔的诗，甚于其词。萝卜青菜各有所爱，姜夔的诗是甘蔗。有年春天，我去婺源，看到街头卖的甘蔗光润细长、碧绿如玉。我见过的甘蔗，都是紫皮儿的。一问，才知这个叫“竹蔗”。买一根尝尝，倒经嚼。不当饿，但解渴。

姜夔的诗读来有西风残照的感觉。西风吹过竹丛，秋天的竹子，青翠依然，却显得瑟缩，风吹上去，龙吟细细。那么多声音，却热闹不起来，骨子里到底有一丝幽寂和孤清。

姜夔一生漂泊，湖海生涯。他在合肥有段情事。这在他的很多诗词（尤其是词）里都有所反映，但具体细节却无考，只能猜测。诗人的风流韵事，越含糊其辞，往往越有想象空间，弄到最后，倒成了另一种“文学成就”。

绍熙二年（1191年）冬，他冒雪访大诗人范成大，自创新词《暗香》《疏影》，深得范成大激赏，范成大一高兴，把歌伎小红赠送给他。这算文学史上一个著名的艳事，给文人们那种普遍的红袖添香的心理情结提供了一个极好的现实依据。

除夕，他携小红乘小舟回湖州，路经垂虹桥，大雪茫茫，水天空阔，上下一色，纤尘不染。竹篱茅舍，皆成琼楼玉宇。

姜夔留诗曰："自作新词韵最娇，小红低唱我吹箫。曲终过尽松陵路，回首烟波十四桥。"（《过垂虹》）这首诗无疑为此事锦上添花。现实被提升了，扰攘凡尘成神仙世界，平常男女便也成了神仙伴侣。相形之下，陆放翁的"细雨骑驴入剑门"，显得寒酸。

新春佳节，万家团圆。如果没有如花美眷相伴，水路悠悠，孤舟一叶，光景便会凄清难耐，试想这该让敏感的诗人情何以堪？

杜牧亦有许多水路旅途的体验。"正是客心孤迥处，谁家红袖凭江楼。"杜牧看到了女人，但女人在彼岸，有雾里看花的距离感。

姜夔布衣终身，诗词、音乐、书法俱佳。精鉴赏，喜收藏。但他没什么固定收入，投亲靠友，生活全凭别人接济。可惜他生得太早，若在晚明，文化产业已形成一定的市场，他应该会生活得很好。他的境界和修为比陈继儒、李笠翁那帮子人高多了。

有人说，姜夔的诗深得晚唐余韵。他的生平和晚唐诗人张祜倒是很相似。但张祜的性格比他洒脱，有舒缓从容的空间。晚唐帝国虽国事日非，但瘦死的骆驼比马大，南宋可只剩下了半壁江山。张祜死后二十余年，有人慕名访其故居，却发现已被转让他人了。但见荒荆残榛之中，另有茅庐一处，有一霜鬓黄冠、鸡皮老妪策杖迎门而立。问之，始知此乃诗人生前爱姬崔氏。

有笔记记载，姜夔很瘦，望之弱不胜衣。他晚年贫病交加，生活景况比张祜更加不如，死后无钱殡殓，靠朋友张罗，才算入土为安。

小红下场如何？

人们记住的只是《过垂虹》中凭舷娇声低唱的诗意形象。过了垂虹，她就应该从诗里走出，走进油盐酱醋的凡俗生活中了。就像大雪一化，世界恢复了本来面目。

姜夔是锦，小红是花。虽一时锦上添花，但锦坏了，花也不会好到哪里去的。

畸谱

徐渭自作了一副对联："几间东倒西歪屋，一个南腔北调人。"此联正是其凄凉晚境的写照。

矛盾痛苦的人有一种生命张力。对其来说，活着是熬。熬得住，便成了一钵好汤。但徐渭沸腾得特别厉害。作为罕见的文学艺术通才，他和苏轼恰恰相反，内心缺少平衡与和谐，缺少某些圆形或柱状的东西，而是充满尖锐和冲撞，有许多棱形、三角形，或其他不规则、错综复杂的东西。

明朝尚奇，奇才多多。唐寅、李贽、徐渭等，皆超世骇俗。稍后的公安三袁等，超凡脱俗。明清之交的金圣叹、李渔等，已开始与世俗和解。一直到再后来的袁枚、郑板桥等，骨子里已经相当世俗，并且在世俗中如鱼得水了。这是一个很有意思的现象。一江春水向东流，流着流着，水势就缓了。

徐渭的才华和价值，在其生前，并没得到普遍和充分的肯定。

在他死后数年，袁中郎才偶然间看到他的诗文，一见大奇。袁中郎推崇其诗文书画，却未言及其杂剧，不知何故。而同时代的戏剧大家汤显祖，对他的《四声猿》却击节赞赏。其中《狂鼓史渔阳三弄》，据说剧中人物曹操是影射奸相严嵩的。我个人对此剧不太喜欢，太强的目的性或者说现实性是一种限制，总会削弱艺术性。同时，对于历史上的祢衡这个人，虽他被砍了头，我倒也没觉得有什么可同情之处。

《雌木兰替父从军》《女状元辞凰得凤》两剧，构思巧妙，有民间的活泼和喜乐之感。从中可以看出徐渭对待女性的态度是开明通达的。但后来他却怀疑继妻不贞，将她杀了。

对于大多数人来说，总能镇定自如地生活在自己所置身的现实世界里。而还有少数一部分人，总是生活在种种不祥的可能性之中。他们就像卡夫卡在小说《地洞》中所描写的那样，有焦虑感。中年的徐渭，也有焦虑感。对于徐渭这种偏执型人格的人来说，他的焦虑感尤其强烈。如果追根溯源，当然可以从其童年的原生家庭生活影响中找到原因。泼墨大写意的绘画风格，和草书一样，适合情绪的宣泄。当然，高明的艺术家能够从心所欲而不逾矩，把情绪升华（转化）为性情。

徐渭身上蕴含的“现代性”色彩，也许要超过晚清的龚自珍，并且比后者要更为丰富深刻。

徐渭死前自撰年谱，名之曰“畸谱”。年谱极简略，对自己诗文著述等方面的情况，更是略而不提。一个“畸”字，也可看出徐渭对自己的一生所持的态度和看法。然而，他终究还是难以自弃的、于心不甘的。否则，和光同尘，泯然于世，如此也就罢了，又何必自撰年谱呢？悲哉。

坛子轶事

谭元春在自己的文章中常自称谭子。我读时就读成谐音坛子。竟陵这个地方，对我来说，并不是一个客观的地理意义上的名词，在我的想象中，它高高的，也像一个坛子。谭元春出生在竟陵，就像一个小坛子放在一个大坛子上。史蒂文斯说："我在田纳西放了一个坛子，它浑圆，在一座山上。"桐城派提升了桐城，竟陵派提升了竟陵。

人们评价谭元春的诗冷涩，我读来倒觉平易，只是个别词句显得生僻，不过内蕴倒是欠丰厚的。文字本无贵贱，冷字、俗字，用好了，恰如其分，就鲜活起来了。用得不好，整个句子都变得夹生。

博学多识的钱谦益，评论起钟惺和谭元春的诗时，就变成了一个毒舌男。

周作人认为俞平伯和废名与竟陵派相似。关于俞平伯，我只是把他当成一个卓有建树的红学家来看待。但我认为废名为文曲径通幽，其妙处更在于一个“曲”字，钟惺和谭元春为文曲径通幽，其妙处更在于一个“幽”字。《西厢记》中说，“幽僻处可有人行，点苍苔白露泠泠”。竟陵派之文，后来也就少有人读了。

谭元春的诗序比诗好，他给别人的诗集、文集写的序也好。意气用事不好，往往坏了事，意气为文则常能写出好文。谭元春的诗序意高气足，纵横盘绕。我最喜欢他的这类文字。

竟陵派承公安派而来，但公安派比竟陵派多了几分趣味。对于经历了很多世事的人来说，“趣”是很难得的。乐趣、情趣、风趣、志趣都极难得。人活着活着，到灯火阑珊处，很容易意兴索然，便渐渐感觉出这人生的寡淡来。所以说，趣也是一种人生的修为。

文人喜欢游山玩水，明人尤其有山水之癖，常常与山水耳鬓厮磨，肌肤相亲，所以明人的游记普遍写得很好，步步金莲，摇曳生姿。明人中出了个徐霞客，想想也不是偶然的。和其他文体相比，谭元春的游记行文就多了几分生动活泼。古人与自然无隔，不像今天的人们，游山玩水，寻芳探幽，只是一种概念化的行为，古人则是把整个生命都融入其中的。

读谭元春诗文时，我又夹杂着读了明人陈霆的《渚山堂诗话》。其卷一载有江西处士吴与弼的一首小诗《晓立》，“灵台清晓玉无瑕，独立东风看物华。春气夜来深几许，小桃又放两三花”。

此诗后两句颇有韵致。历史上，那么多轰轰烈烈的大事发生了，又很快烟消云散，落入被遗忘的深渊，反不如春夜静静如水之时，斜斜桃枝上新绽的两三朵小小的红花。对于悠悠浩渺的宇宙来说，又有什么大事小事可分的呢？

晚上，空气还算清新，我散步河堤，抬头见明月一轮，深冬时分，显得格外清奇。谭元春的文字，也时有清奇之处。

话说这十五之夜的月亮就像一个倾侧的坛子，明亮的月光源源不断地倾泻下来。

燕子不归春事晚

“月下梅花静”，这是晚明人阮大铖的戏剧《双金榜》中的句子。胡兰成在《今生今世》的开头，描写桃花时写：“桃花难画，因要画得它静。”他们都把极细腻的感觉融入其中。而阮大铖给人的感觉是，他有着晚唐五代人的绮艳旖旎，又杂以明人的清丽幽微，这点在《燕子笺》一剧中尤其得以体现。

阮大铖在《明史》中，被列入《奸臣传》。他的艺术形象主要被保留在《桃花扇》里，在那儿被称为“阮胡子”，一个精力充沛、上蹿下跳的人。古代读书人，是向来不讳言功名心的。立德太漫长辛苦，只有少数人肯选择。而当立功成为立身之道时，这个“功”，往往就变相地等同了利禄。“学而优则仕”，从一开始，古代读书人就有一个强烈明确的现实目的。当这个目的受挫，聪明又没有骨气和操守的读书人，坏起来便坏得可怕而又彻底。

“春到平芜，十里红亭草色铺。小雨杏花酥，轻暖游丝鹭。”汤显祖对阮大铖有很大影响，《燕子笺》中的很多地方，文采并不逊于《牡丹亭》。可叹阮大铖，卿本佳人，奈何做贼。

阮大铖把《燕子笺》的人物故事，置放在安史之乱的历史背景中，胡人犯阙，天子蒙尘。想一想后来的清军入关，阮大铖简直把这一段历史提前彩排和预演了。只是这个才华横溢的剧作家并没料到，他自己后来会出现在另一个剧本《桃花扇》里。“桃花难画，因要画得它静”，真是人生如戏。

《桃花扇》里儿女情长，有国破家亡之痛，有无尽的乱世苍凉。《燕子笺》里，乱世只是成就一段姻缘的故事背景，有戏剧性的热闹感，甚至是另一种“倾城之恋”。阮大铖只是闹中取静。

《燕子笺》里，处处是一个“巧”字。巧遇、巧合、巧姻缘、巧团圆，悲欢离合皆是巧，最后皆大欢喜。中国的戏剧故事，向来是有一个“巧”字的，所以才有“无巧不成书”之说。以前我很看不起这种明显有悖常理的构思，认为太肤浅，不符合生活逻辑。如今始悟，这其实是一个文化观念的问题。因为中国古人太清醒了，他们很早就明白了“天道无情”。即使在最哀痛的苦难时刻，他们也明白：“莫自使眼枯，收汝泪纵横。眼枯即见骨，天地终无情。”（杜甫《新安吏》）古人早已把一切看透了，知道戏是戏，生活是生活，没必要太当真。戏就是为了看的。为了看上去热闹，他们特别善于投“机”取“巧”。看戏的时候，可以假戏真做，但戏散后，该怎么生活，还得怎么生活。所以，中国人最善于“逢场作戏”，最善于讲台面上的话，另一方面，各自又都心知肚明。

但在生活和戏剧中，巧也有巧的好处。一个“巧”字，让人生有松动，有转折，有回环，有新奇和新意，有希望和憧憬，也有自为的空间和余地。

唐人戴叔伦有诗曰：“苏溪亭上草漫漫，谁倚东风十二阑？燕子不归春事晚，一汀烟雨杏花寒。”

《燕子笺》中，燕子为一段姻缘穿针引线。戏散后，千家万户，帘幕低垂，燕子飞向哪儿了呢？

悠悠岁月，杏花烟雨里，有人独自凭栏，突然发现这世间春事已过大半了。

金圣叹

金圣叹批才子书，盛赞才子之才。他自己也是才子，以批评著称，一派花团锦簇。其立论险奇，波澜横生。他在《水浒传》序一中，有关于焚书之论。他虽然抬出了圣人的大招牌，但其议论风发、意气风发，却自有一种快意。那些放之四海而皆准的大道理，谁不知道呢，说它干吗？不是废话，胜似废话，无趣得很。倒是有些奇谈怪论，就算不认同，倒觉得蛮有意思。

他把《水浒传》当成“史”来看，以史为鉴的态度已经昭然若揭了。《水浒传》评点于明末，风行天下，当时的社会环境还能够容忍他。他在评论中装入很多个人化的东西，他说“乱自上作”“从来庶人之议皆史也”之类的话，皆是如此。他的评点有针对性，时时有感而发。

他评鲁智深："论粗鲁处，他也有些粗鲁；论精细处，他亦甚是精细。"我觉得这个评论倒可用在他自己身上。明清的徐渭、李卓吾、郑板桥等人，甚至包括袁中郎、袁枚等，都给我这种印象。晚明的热闹放旷中，有着隐隐的不安；精致的颓放中，有着生命的压抑。像一堆夜晚的篝火，远看烧得明亮，其实柴木潮湿，冒着很多浓烟。清人入主中原，一番天翻地覆，士人阶层未尝没有一丝人生的虚无感。所以，明清人的精神世界中，普遍缺乏一种雍容镇定。

张竹坡评《金瓶梅》，喜欢望文生义。金圣叹评《水浒传》，则时而借题发挥。当然，借题发挥，有时就难免牵强，像摘一颗高枝上的果子，踮起脚尖，还是够不到，便索性把枝子拉了过来，结果不是把枝子拉弯了，便是把枝子拉断了。

《红楼梦》中宝、黛读《西厢记》，是偷偷地，那时此书仍被视为诲淫之物。金圣叹在《读〈西厢记〉法》一文中，却认为十四五岁的孩子，如果能读自己评点的《西厢记》，便和读《庄子》《史记》一样，没什么分别。如此可见金圣叹思想的通达开明。

当然，金圣叹也喜欢神神道道，说读《西厢记》必须什么扫地读、对雪读、焚香读、对花读、与美人对坐读等。每每看到一些读书人如此装模作样地瞎讲究，我就发笑，须知真正的读书人是随时随地可读的。

金圣叹有一首六言绝句："新晴万物毕畅，旷野四天尽低。岂惟同袍不见，方且我情亦移。"诗一般，但诗题很长，有一种孤迥的意味，可当一则小品："新晴。上午踯躅无侣。独坐舍边小桥，看天四垂。”

入清之后，金圣叹绝意仕进，但晚年听说顺治皇帝赞扬了他两句，便感慨万端、想入非非起来。这种心情，都反映在他的《春感八首》里。对照金圣叹生平豪奇纵放、独立特行的性格表现来看，这种心理反应，颇让人感到别扭和意外。我读之则有些心酸。活到一定年龄，才能领悟，舍比得难。而舍弃无形的东西，又远比舍弃有形的东西难。传统文人，功名心是浃肌沦髓的。有功名，固然可以潇洒地弃之如敝屣，没有，则始终是块隐秘的心病。金圣叹的遗民情结和张岱、傅山等相比，不可同日而语。他对前朝，原本就没有太多好感。他是穷了一辈子的人。叹老嗟卑，酸，招人嫌。不叹不嗟，孤傲，也未必不招人嫌。为衣食所困，自古多少英雄好汉，壮志被消磨。金圣叹的名气大，是由于评点小说而得，正统文人看到的更多的是他的负面性。他内心深处，当然会有很多现实的压抑感。

文坛巨擘王渔洋那么激赏《聊斋志异》，却到底没有给蒲松龄作序，由此可见，小说在正统文人心目中的地位。对比一下，金圣叹把《水浒传》《西厢记》提高到和《庄子》《史记》《离骚》杜诗并列的高度，便可见他思想的高迈骇俗了。

鲁迅对金圣叹颇为不屑，说他昏庸得可以。但金圣叹的遭遇，鲁迅是极其明白的，“他早被官绅们认为坏货了的缘故”。在一个专制的环境里，独立即反抗，标新立异即惑众乱世。

晚明文人受李卓吾的“童心说”思想影响甚大。金圣叹亦不例外。公安三袁倡性灵，金圣叹重性情。李卓吾七十六岁高龄，身陷囹圄，以剃刀自割其喉而死。据说他弥留之际，侍者问：“和尚痛否？”李口不能言，但以指书其掌曰：“不痛。”侍者又问：“和尚何自割？”李又书曰：“七十老翁何所求。”书已，气绝身亡。李卓吾无憾矣。“哭庙”事件后，金圣叹南京处斩，临终赋诗：“鼠肝虫臂久萧疏，只惜胸前几本书。且喜唐诗略分解，庄（《庄子》）、骚（《离骚》）、马（司马迁）、杜（杜甫）待何如？”书生意气、书生本色，至死犹显，可悲可悯也。

金圣叹被杀，意味着晚明狂放奇肆的精神脉动在清朝被迫中断，虽然其后还有袁枚、郑板桥等人的余音缭绕，但文人们在精神上已不再张扬，更不再叛逆，更多的只是一种任性罢了。

金圣叹在《西域风俗记》中说：“深红更有浅于深红者否？浅红更有深于浅红者否？试道一句看……”

我道一句则是：“桃花一簇开无主，可爱深红爱浅红？”历史从来都是一笔糊涂账。不是算不清，而是成者为王，败者为寇，赖账者太多。

花名几种

《花镜》其实是花经，讲的是养花植木的经验。作者陈淏，清人，与李渔有交往。他怀才不遇，退隐西湖，自号“西湖花隐翁”。书中自言“余素性嗜花，家园数亩，除书屋、讲堂、月榭、茶寮之外，遍地皆花竹药苗”。失意客得闲适之趣，反做了神仙翁，此生也不算虚度了。

花木中我唯对紫薇和夹竹桃有偏见。紫薇又名“痒痒树”，一碰就心旌动摇。白居易的“独坐黄昏谁是伴，紫薇花对紫薇郎”倒是好句。紫薇花除了花朵繁密之外，没什么特色，开得一塌糊涂。夹竹桃呢，更没什么风格。

松有剔牙松、罗汉松。传说中有赤松子，是神龙见首不见尾的道家人物。道家退让隐逸，但也有杀伐气，有凛冽的一面。这一点与禅宗有相通之处。道家的杀伐气是因为明白天道无情。冬天的风吹过密密的松针，宛若龙吟，清冽的韵脚中，又杀气隐隐。

柏，《花镜》说，又名“苍官”。我喜欢这个名字。柏有扁柏、桧柏、黄柏、璎珞柏。扁柏为柏中之贵者，看上去有沧桑感，多植于园林中，取其岁月悠悠之感。在我家乡柏则多植于坟地之中，唯死亡才是真正的永恒。

杨有二种，白杨和青杨，白杨叶柄长，遇风萧萧有声，多植于坟墓间，贾宝玉曾用以自比，遭袭人嗔怪。青杨色青绿，枝条短硬，多植于路边水畔。《水浒传》中黑旋风李逵斗浪里白条张顺，地上水里，煞是热闹。五月半天气，红日西沉，浔阳江畔，八九十只渔船，都系缆在青郁郁的绿杨树下，真是一幅好画。这里的杨树，我推测应该就是青杨了。

桃为仙品，瑶池风月，五千年一熟。“天上碧桃开和露，不是凡花数。”美好的事物，总让人惆怅低徊，不能自已。桃木能制百鬼，桃木刀、桃木剑、桃木棒、桃木拨浪鼓，还留在乡村民俗里。年轻妇女携幼孩外出，衣服上需插一两根桃枝，以避百邪。

庄子曰，“名为实之宾”，但人们还是愿意有个好名好姓。《花镜》说，瑞香花又名“蓬莱花”，蓬莱花好听，有仙意。辛夷花又名“木笔”，木笔也好听，但又俗呼“猪心花”，反差真大。《花镜》说，梨花又名“玉乳”，这个名字真色情。“梨花一枝春带雨”，说的是杨玉环。好多古人笔记里写到过杨玉环的玉乳，真色情。六月雪好听，又名“素馨”，也好听，有韵致。无花果又名“优昙钵”，优昙钵好听。冬青又名“万年枝”，万年枝好听。凌霄又名

“鬼目”，好凶险。玫瑰又名“徘徊花”，感情上的事，多纠结，徘徊复徘徊，倒也名副其实。十样锦好听，锦西风更好听。剪秋纱好听，汉宫秋更好听。《花镜》中有很多有趣的花名。

红叶题诗，蕉叶挥毫，贝叶写经，竹上书《骚》，都是失传的韵事。

读《桃花扇》

宋元之际，明清之际，腥风血雨，历史的节骨眼儿上，总有很多传奇。

翻看刘长卿的集子，印象最深的是，诗里似乎到处都是夕阳。“秋草独寻人去后，寒林空见日斜时。”整个繁华的人世，怎么也留不住，说走就走了。《桃花扇》也给人一种夕阳黄昏之感。金陵自古繁华，烟雨迷离，前朝胜事尽随流水，天然适合吊古伤今。孔尚任是北人，北人写金陵，秦淮夕照，余霞散绮，其中却透着无边的苍凉，结果倒写成了西风残照，汉家陵阙。这么大的黄昏，走不出去；走出去了，也回不来。

世界上，总有这样的人，他们把什么都看成自己的，喜欢争抢，露出长长的牙齿，真难看。他们总是安静不下来，折腾过来，折腾过去，把世界弄得乱七八糟。他们理应活得很好，结果倒把自己给弄没了。他们那么聪明，却偏偏不知道，有些东西是没法得到的。我读到《桃花扇》中的这两句话，“纵有春风无路入，长门关住碧桃花”，忽然就有了一种悲哀感，但转瞬又豁然开朗。真要是排闼而入了，庭院深深，花木寂然，也未尚不是一种生命的束缚。世界上顶悲哀的事，是英雄成土美人成尘。可羡慕的倒是那些小商小贩，辛劳、喧闹、不洁、锱铢必较，但活得踏实、认真、有板有眼，不去多想什么。但做什么样的人，不做什么样的人，似乎也由不得自己。

《桃花扇》中，侯朝宗和李香君双双出家了。前几年读之，尚觉突兀，如今我理解了。经历过生死的人，经历过国破家亡的人，一颗心死了几次，虽然相见了，却已仿佛经历了几个轮回——再见已是隔年期。一个不再是翩翩浊世佳公子，一个不再是袅袅如花的窈窕娘。铅华尽洗，生命不再需要任何修饰了，本色到万缘皆空。沧海桑田中，儿女之情是小的，还有很多感情，远比儿女之情大。乱世容不得绮情。一把桃花扇，珍惜过了，最后被那个似乎不近情理的道士扯烂也好。那斩绝的一声，如山裂河断。陡然一声呵斥，“国在哪里，家在哪里，君在哪里，父在哪里”，石破天惊，让这一对重逢男女，顿时丧失了立足之境。于是，有了豁然一悟，山之南，山之北，长空湛湛云依依。

后来的曹雪芹当然看过《桃花扇》。他让他的贾宝玉也出了家。《红楼梦》的情感是承接《牡丹亭》的，其情感的底蕴却是承接《桃花扇》的。风流云散，繁华一梦。想一想，又有什么舍不得的呢？到最后，总得放手。人活着，是很可怜的。冷眼旁观者，曾是热心人。看透世事的中国人，静如秋水，而秋水是凉的。看透世事的中国人，唯有无言。无言——独上西楼。

但下来的时候，总还得打起精神，黎明即起，洒扫庭除，好好活下去。

寂寞之书

《聊斋志异》是一部寂寞之书。

寂寞到极处，牛鬼蛇神、花妖狐怪便都到来了。

其实，这还是一个人的狂欢。

这种热闹，看起来丰富多彩，其实比李太白的“对影成三人”还要清淡。

李太白的夜晚有月亮，蒲松龄的夜晚能有什么呢？只有梦、臆想、感慨。李太白一觉醒来，天亮了，眨巴眨巴眼，至少，日出的一瞬间，有一个“终于熬到头了”的人生错觉，还可以骗一骗自己。蒲松龄一觉醒来，四处望望，再望望，什么也看不到，除了夜，还是夜，还是木沉沉的寂寞——像寒冬腊月，冻得肿痛的皮肤，一掐一个深印子，半天平复不了，连骗一骗自己都不能的。

有时候，灯火阑珊之后，还有灯火，这其实还算是好的。更多时候是灯火阑珊后，连灯火也没有了，一盏一盏灭掉，没有丝毫挽留的余地，就像夜晚凭空出现了一个一个深不见底的窟窿。这才是真正的寂寞。

有两三个冬天，晚上，临睡前，我喜欢读几页《聊斋志异》。我喜欢在冬天重读一些老书，像怀旧，又不像怀旧。

这个冬天也是。

随读随忘。当然，也不是彻底地忘，就是一种很熟悉的忘，熟悉得以至于忽略了细节的那种忘。我从未努力想去记住什么。该忘的就让它忘了；不该忘的，自不会忘。

有时怀念某本书，就像怀念某个人。怎么说呢，就像前人写的那种感觉：“相见亦无事，不来忽忆君。”但又比这种感觉淡然平和一些，就好像一种是秋水，一种是春水。

随读随忘，这样也很好，可以常读常新，宛如初见。

说到初见，邂逅才最有意思，才是一种最华丽的艳遇。所以，应该感谢人生的无常。

把深刻的东西写得生动，是本事。把浅显的东西写生动，更是本事。《聊斋志异》没有太深刻的东西，可是，它始终生动有趣，不让人感到单调重复。这就极其难得了。

《聊斋志异》言情，世情、人情、物情。出于理外，入于情中。

上面说过，这是一部寂寞之书。蒲松龄的思想、情感、身体都寂寞。

寂寞难言，于是便有了《聊斋志异》。

可是，我读的时候，却有一种愉悦感。

当然，我的寂寞和蒲松龄的寂寞是有距离的。但是这种距离也不是太远，太远就没有什么感觉了。

也许，这种距离，仅仅隔着一树花。我看花的时候，却看到了青亮亮的寂寞。我看寂寞的时候，却看到了红彤彤的花。

愉悦感是主观的。

打个比方，如果一个男人，经过一番冷静客观、全面深刻的分析之后，才决定来爱一个女人。我不相信，这种爱是一种真正的爱。

糊涂有糊涂的好，就像“忽如一夜春风来，千树万树梨花开”。其实春风吹过就吹过了，一点散乱的想法都没有，你开也好，不开也好，它都是不管的。可是，一春花事，还是毫不计较地繁荣起来。

每一朵花，终归都认认真真地开了，开得满满的。

窗外有明月一点，静静照着这个世界。

吴敬梓

一个不合时宜的人，有积郁，得不到抒发宣泄或宣泄过度，会显得狂、显得怪。

一个很狂、很怪的人，或者一个处处碰触生活秩序的人，并非表面看上去那样无所顾忌，其实内心深处往往会有一丝负疚感。

我相信徐渭会有这种感觉。

郑板桥的这种感觉会少些，或者没有。郑的狂怪有名士气，甚至有表演性，和徐渭相比，没有太深刻的内蕴。一个主要原因是，郑毕竟获得了社会功名，中过进士，做过县令，虽是小官，但毕竟是官，对一个文人来说，这是比才华更大的底气。如果没有这些，郑一定会变得极其尖锐。他的“六分半书”可能会变得更加嵖岈纵横，他的竹子可能会变得更加骨梗森然。

惨遭极刑的金圣叹，其命运比司马迁还要悲催。金圣叹点评《水浒传》，说众好汉中，他不喜宋江，因宋江无性情。那些好汉无法无天，有的是个性。在一个讲究中庸和含混的国度，金圣叹对他们心有戚戚焉。金圣叹喜禅宗，狂禅本来就是极端个人主义的。对金圣叹来说，“哭庙”事件似乎有偶然性。但就算没有此事，金的最终命运，仍然是凶多吉少。

我对那些出格的人总是充满好感。

郑板桥和金圣叹诗不如文，文率性，奇宕纵横，不拘一格，诗浅陋直白，少余味。

我写以上这些，其实主要是想写写吴敬梓。

吴敬梓也算得上一个出格的人。三十来岁即把家产挥霍一空，被家乡的人作为反面教材教育子弟：“瞧，这个败家子！”

在家乡不好混，遭人指指点点，滋味也不好受，吴敬梓于是移家南京。

吴的祖宗辉煌过，曾祖辈中，“兄弟五人，四成进士”，这是了不起的家族荣耀。到了吴敬梓的父亲那辈，家道中落。吴敬梓在功名方面一定有压力，并且压力很大。压力大了，人会反逆。他索性弃功名如敝屣。

我心目中的四大古典名著是：《金瓶梅》《红楼梦》《儒林外史》和《聊斋志异》。《聊斋志异》是文言，如果都换成白话，那么去掉《聊斋志异》，可以添上虎头蛇尾的《水浒传》。

鲁迅推崇《儒林外史》，主要着眼于它的讽刺艺术。讽刺容易流于尖酸刻薄，但我看《儒林外史》，看不到刻薄。绵里藏针，关键不在针，而是在于藏。庄子在《大宗师》中嘲笑藏舟于壑、藏山于泽的人，因为这样毕竟还是着了痕迹。我不知道吴敬梓把讽刺的针尖藏在了哪里。我总是把《儒林外史》当成世情小说来看。

《儒林外史》似乎还有某种意犹未尽之处。我隐隐觉得，它的深处，还应该再增加些悲剧意蕴。当然，这是一种苛求。

吴敬梓的诗颇有情致，和古代大小诗人一样，无一例外地对人生和世事充满了感慨，从中倒看不到他的自恣的气质。“浓云千树合，骤雨一江空”，写景如画。

顾城

最内在地秉承中国传统精神气质而又不着丝毫痕迹的诗人，“五四”以来，我以为只有顾城。另一个英年早逝的张枣，其部分诗歌也流露出古中国笙箫般的神韵，但还没进入化境。只有顾城，天然地如此。

唐诗，借用废名的看法，是散文化的。唐诗虽是散文化的，但一首诗是一个完整的情景，它了不起的地方是有一个“意”，意象和意境。虽然时移世易，唐诗却能给我们日新月异的生活做一种恒常的对应和观照，所以至今仍带给我们一触即发的感动。顾城的诗歌，也有一个“意”。同时，他的诗在生命和精神的纯粹度上，是空前的。

顾城早期的诗歌，带有童贞气息，影响很大。但我更喜欢他去国之后的这部分，单纯之极，奇妙之极。它们超越了修辞，真正达到了得意忘言的境地。很多时候，它们只是一种“意”，一个意象，像波光和云影。只是一种气息，微妙、冲淡、空灵，如梦似幻，是一块阳光下的水晶。

像不朽之作《墓床》（我知道永逝降临 / 并不悲伤），还可以分析。还有一些，则超越了意义，超越了语言的限制，似禅意，又非禅意，只是很美。就像风声和鸟鸣，你听不出任何具体含义。但春天的树林中，风声和鸟鸣很美。月映深潭，什么都不用说，很美。一个个单纯的意象，你只觉得它们很美，甚至玄远，但你又能说出什么呢？你只能意会。你对着一朵初开的花，又能说什么呢？浮士德说，真美啊，请留一留。当你说出来时，一个空灵的世界就碎了。当你说请留一留，一个空灵的世界就消失了。凡是能够说出的，都是可以被穷尽的，都有一个局限、一个范围。但大象无形，大美无言。

极致的美，不能说。极致的诗，不能说。最纯粹、最单纯的事物，不能说。禅师说：“少年一段风流事，只许佳人独自知。”禅是艳情，极致之物是禅，惟以心传心，心心相印。

组诗《鬼进城》里面已经有混乱感了，有某种不安、晃动和旋转的感觉。顾城走得太远，越过了边界，回不来了。达到了极致，是不能动的。微风轻拂，便能惊心动魄。“零点的鬼 / 走路非常小心”，这其实是一种细若游丝的黑暗的颤栗。王小波在《青铜时代》里，有时对同一个场景反复精雕细刻，好像在打转，叙述上有隐秘的焦灼感。跳进塞纳河的犹太人策兰，其后期的诗歌又短又碎，回荡着尖细急促的呼啸声。优秀作品是生命的直接呈现，反过来看，是充满征兆的。

顾城的小说《英儿》，有些片断是天才的手笔。写性爱的部分，唯美、纯洁，这种才能我只在库切的小说，比如《等待野蛮人》中偶尔见过，但这本书缺乏顾城的空灵。

顾城的眼睛，深、远，清澈得有点冷了。他的自性太强了，强到可以不受任何影响和干扰，达到独断和绝对的地步，生来就是一峰独秀的。我记得十多年前和一个朋友聊天，她说，顾城就像林黛玉，你不能去设想他年老的时候。

如今，这个朋友已修佛，成了一个虔诚的居士，早就不读顾城了吧。

读阿城

阿城在小说《树王》中，写吃糖的情节，写那个叫六指的小孩子对糖的珍惜，因为有过相似经验，我特别能够感同身受。但阿城也没直接去写糖的甜，他写那个知青吃糖的体验：“到了县上，自然先将糖买下，忍不住吃了几粒，不料竟似吃了盐一般，口渴起来，便转来转去找水来喝。”我相信这是阿城自己的切身体验。这样的句子，像烙铁。虽是小说，但已与虚构无关。

《树王》在“三王”（另两篇是《棋王》和《孩子王》）中，具有传奇色彩，叙述方式和结构安排相对另外两篇，稍稍失之自然。肖疙瘩其实是古代传奇笔记小说中的某个人物，在古传奇里活得不痛快或不过瘾，死后又发愿轮回到了现代小说中。你看他有血有肉的样子，倒忘了再去猜想他遥远如烟的前世。

《孩子王》呢，通篇写得最为舒展自然。王福的哑巴老爹王七桶，深得《庄子》寓言中那些畸人形象的朴拙神韵。老杆儿回队耍了一天，暮晚返校，来娣山路相送，此处写得细微。阿城偶尔细微起来，便细微得让人恍惚。

阿城谈中国小说，把小说放在中国世俗中来谈，抓住了根源。世俗生活无外乎衣食住行、吃喝拉撒、男欢女爱、婆婆妈妈。阿城自己的写作姿态就很低，一派烟火之气，这也是他的迷人之处。他不高于世俗，但这反倒获得了一种智慧，生活的智慧等同了写作的智慧。这种姿态不是本来就低，而是自己把自己放得很低，就像一枝侧枝梅花，不去往上长，而是向横斜里发展，结果倒形成了好看的“势”。

阿城后来不写了或写少了，甚至乘兴转入了学术性的领域，固然与社会环境的改变有关，但他身上的世俗态度应该也是一个原因。如果他理想主义一些，身上就会多了一些那种叫作“情怀”的东西，也许文学兴趣就会变得专注和持久（当然，如果那样，这也就不是阿城了）。

汪曾祺也是世俗的，但汪有温情。阿城则极其冷静，情感深藏不露。所以，他的冷静并不是冷清。阿城对现实看得很透，完全基于自身成长经验和生活经验来判断，对现实不存任何幻想和奢望。文字成了精儿，人也成了精儿。

不过太聪明通透了，也许反倒成了一种缺陷。正所谓过犹不及。阿城太通透了，能不写就立即不写了。木心太通透了，写作的境界倒没达到自我期望的高度。

阿城的行文非常稳，不动声色，始终一副老成持重的样子，但一字一句都有板有眼又绵里藏针。时不时冒出一个独出己见的见解，扎你那么一下子。我这里说的是他的随笔。他的卓见闪闪散落在《闲话闲说》里。

作为那个特定年代的亲历者，阿城写他的经验，但他没有直接写政治运动，而是抓住了那个时代最本质的问题：吃。那是一个物质极度匮乏，人们普遍充满饥饿感的时代。张贤亮也写过饥饿感，写过吃，但并不是作为时代特征来写的。二十世纪八十年代之前成长起来的农村孩子，大都在夜晚梦见过丰盛的美食吧？梦中如愿以偿，大快朵颐一顿，醒后嘴里却仍然泛着酸水。长夜漫漫，冬天的冷风把窗棂吹得颤颤发响。肚子更饿了，人也觉得格外冷起来，但也只好把身子蜷一蜷，蛇一样，让自己尽快睡去。问题是，越是饿，越是没有了睡意。

在阿城最著名的小说《棋王》中，阿城描写棋呆子王一生在列车上的吃相，精雕细刻，穷形尽相。王一生能明确区分饿和馋。他们在山上吃蛇肉，喝蛇骨汤，在缺盐少醋，非常困窘的情况下，居然有一种丰盛大餐的热闹氛围。小说的最后，王一生与众多高手进行棋艺比赛，阿城把自己善于造势和渲染的写作才能发挥到了极致，大有天风海雨、黑云压城之感。

阿城的另一则笔记小说《炊烟》，描写二十世纪六十年代的大饥荒时，云南山里有人吃自己孩子的事。这是写实。我小时候，也听说过邻村有人吃人肉，甚至吃自己孩子的事情。据说，人肉是酸的。

中国历史，就是一个吃的历史，极端的时期，有“移子而食，析骨而炊”的记载。

《红楼梦》中，大富大贵的贾府，只见一顿一顿周而复始地吃了下去，生活中很多微妙的不易明言的意思，都含藏在吃饭之中了。中国人的很多重要事情，放在其他地方，磕磕绊绊，但放在餐桌前，一番推杯换盏，往往就顺利解决了。

以前吃不饱，吃是人生大事。现在吃饱了，却吃不安全，依然没能解决吃的问题。

好书过眼

很多书，我读过就忘了。随读随忘，随忘随读。我在这儿就挑一些印象深的写一写吧。

朱新建的《打回原形》。朱新建是以“新人文画”著称，尤其是他的美人图系列，与其说是色，不如说是态，与其说是艳，不如说是媚。他的文字极有感觉，我曾偶尔在网上看过一点，印象深刻。后来知道他去世后，文字要结集出版，我便一直留意着。朱新建的文字功力和识见都别具一格，率真、有趣、见性情，要远远好过那些所谓的专业作家。当代知名画家能写的也有几个，比如陈丹青。但我个人觉得，朱新建的文学天赋是高于陈丹青的。

阿城的《威尼斯日记》，2015 年 4 月份由中华书局出版。《威尼斯日记》的叙述口气其实是小说式的。也就是说，表面上虽然是描述性的，但在节奏和语气上，其实用的是导入式，即一种不动声色的巧妙引入的方式。巧妙引入，说白了，也就是诱导。阿城的文学功力就不用说了，我想说的是，阿城是一个极其懂得适可而止的作家。俭省节制，一点也不浪费自己。适可而止，其实是对自己的高度珍惜。唯其如此，才更让人对其充满期待。

目前为止，我主要写一些散文随笔之类的文字，但在我的阅读范围中，散文随笔我却读得最少，也最不感兴趣，我最喜欢阅读的倒是诗歌、小说或其他杂七杂八的东西。陆忆敏（当代最优雅的女诗人）的诗集《出梅入夏》中有一句诗："走过山冈的鱼／怎么度过一生呢"——有一段时间，我脑中老是萦绕着她这两句诗，强迫症似的。我心里泛起一丝悲悯、一丝惘然，对自己，对这个世界。《杨键诗选》，杨键这位马鞍山诗人，用他挽歌式的悲天悯人的声音，对着这个喧嚣的时代歌唱，斜阳无尽，杜鹃啼血。他靠性情写作，其写作手法已经超越了修辞和语言。顾城海外遗集中的诗歌卷《因为思念的缘故》。我读顾城晚期的诗歌，有时就当禅宗公案来读，不去寻找具体意义，却自能收获某种神秘的难以言传的领会。就我的个人判断来说，我认为顾城是我国新诗发轫以来，最具天赋的诗人。

奥地利作家罗伯特·穆齐尔的《没有个性的人》，2001年曾由作家出版社出版。我在当地一家席殊书屋购买了这本书。老板娘二十七八岁，小少妇，眉目如画，精美之极。书屋早已关张了，如今，美人也该老了吧。2015年，此书又由上海译文出版社重新出版。我承认，这部将近百万字的小说我一直没有读完。但这绝对不是小说的问题，而是我的心境的问题。这是一部浩瀚博大的作品，是我目前没有足够的耐心在其中泅渡。

俄罗斯思想家罗扎诺夫的随笔集《落叶》。“怜悯存在于小的事物中。这就是我爱小的东西的原因。”“人只有行将就木时才会达到真正的严肃。”“我不要真理，我要安宁（看过医生之后）。”“有时我觉得，我将瓦解整个文学（临行打包裹时）。”罗扎诺夫随时随地思考、写作，并且把想法原生态地记下来，尘土飞扬中又天高云淡。我希望有朝一日也能写一部自由的随意的书，没有任何姿态，举重若轻，自然而然，如草长莺飞，叶舒花展，《落叶》式的，《枕草子》式的。

近几年来，中华书局的《中国古典文学基本丛书》和上海古籍出版社的《中国古典文学丛书》，我一路跟踪着，陆续买了一些。鲁迅有魏晋风骨，尤喜嵇康。中华书局出有《嵇康集校注》。而嵇康留给后世的形象却并非靠其作品展现，其实更多是被《世说新语》勾画出来的。王国维说姜夔词有格而无情，陆游词有气而乏韵。这里的“情”，应该是指情韵、情调。上海古籍出版社2015年出版了《欧阳修词校注》，欧阳修的词则气韵兼备。欧阳修我喜其词胜于其诗，姜夔我则喜其诗胜于其词。

2015年，我读得更多的是古人之作。孔子说自己“述而不作，信而好古”，人到了一定年龄，便会自然生发出这种态度来。对自身文化的认同，也是对自身存在的认同。

大多数是重读，我也记不得是第几遍重读了。重读的是：《牡丹亭》《四书集注》，若干章《水浒传》《红楼梦》《金瓶梅》《儒林外史》等。

还有一些佛经：《金刚经》《坛经》《维摩诘经》《无量寿经》等。

还有一些古诗词：翻来覆去总不外乎这么一些人，李白、杜甫、王维、李商隐、苏轼等。

年少轻狂的时候，有时会想到和他们较一较劲儿，如今，明白这些，倒也释然了。何意百炼钢，化为绕指柔？风光尚好，我且陌上花开缓缓归。

坚果

法国思想家拉罗什福科在其《道德箴言录》中说："美色已逝而价值犹存，这样的女子微乎其微。"为了获得某种表达的力量，我觉得拉罗什福科有时是故意让自己变得偏颇。

有些女人是浆果，甜，但不经放，隔段时间就坏了。有些女人是坚果，香，放了很久还是香。但我觉得我这个比喻，也不太恰当，显得偏颇。

叶嘉莹先生无疑是属于微乎其微中的一个。这样说，似乎有些唐突。

叶嘉莹先生无疑算是一枚坚果。这样说，又似乎有些不敬。

有些女性是不能评判的，比如杨绛、比如叶嘉莹。她们活得超越了性别，从而抵达了某种极致性的存在，比如观音。

写这篇文字，我特意查了查叶嘉莹先生的资料，她是1924年出生的，今年已经九十一岁高龄了。

二十世纪有那么多的苦难。时间，因其漫长，本身就已经显得神秘。

时代变迁，岁月流逝，世事无常，沧海桑田。但在叶嘉莹先生身上，我们看到，沧海并没有变成桑田。她的生命还是像海一样宽广、富有活力，而不是变得狭窄、干涸。曹孟德东临碣石，以观沧海，赋诗曰："日月之行，若出其中；星汉灿烂，若出其里。"叶嘉莹先生漫长的人生经历也有这种壮阔之感。

在研究和传播古诗词方面，热情最大、影响最大的人，当前应该数叶嘉莹先生吧。她终生致力于此，从国内到国外，晚年仍到各地讲学，简直有一种布道式的执着和热情。我看她的《唐宋词十七讲》，在对重点作者进行详细解读的同时，对词的发展变化脉络也做了一个清晰的梳理。她认为北宋词以感发取胜，南宋词以思力取胜，非常具有启发性。那一首首优美的诗词，如果读不懂，就是画在纸上的素描；读懂了，就变成了鲜花，散发出芳香来。她把它们置放在一个深广的文化大背景中来解读，当然，这靠的是她渊博的学识。她传播和弘扬传统文化，反过来，传统文化也滋养和浸润了她，让她的生命变得圆润而饱满。

王国维的《人间词话》对她影响极大。但她又并不受其拘束和牵制，而能随意生发、引申，提出自己的新意。

名师出高徒，她在课堂听自己的老师顾随讲课，详细做了笔记，并始终珍藏着，辗转随身携带，后来整理出版了《顾随诗词讲记》一书，让我们见识了一位大学者或拈花微笑或摘叶打人的古典诗词方面的深厚功力。这实在是一件功德甚大的事，让人想到陈丹青之于木心的《文学回忆录》。

拉罗什福科还有一句话，“女人的地狱是晚年”。因为有叶嘉莹先生这样的人存在，我觉得这句话更显偏颇。

见贤思齐。我想，如果我到了老年，我会像叶嘉莹先生这样，对生活、对事业、对这个世界，能够依然保持着丰沛的热情吗？

人应该善始善终的。就算不能善始，也还是要善终的，这样也是一种圆满。

轻雷

我对抒情的男人有种美学意义上的偏爱。他们就像杨花，来到世上，有点惊慌失措，不像莲花那般沉静、安稳。

李商隐，绮丽，如夕阳晚照，余霞散绮，“夕阳无限好，只是近黄昏”，有一种无法挽留的美感。绮丽不足以形容之，可用艳丽。如雨后红桃，“桃红复含宿雨”；如芙蓉初绽，“一夜芙蓉红泪多”。

晏几道，明丽，如梨花当月，“惆怅东栏一株雪，人生看得几清明”。翩翩佳公子，千古伤心人也。

秦观，华丽，如碧桃晨开，“天上碧桃栽和露，不是凡花数”。

姜夔，清丽，如夭桃临水，“竹外一枝斜更好”。其人如疏篱秋花，时有萧条之感。

纳兰性德，秾丽，如榴花欲燃，“秾艳一枝细看取，芳心千重似束”。其人亦如三春之花映水生姿。纳兰过于抒情，以至于自己把自己淹没了。

而贾宝玉呢，千红一哭，万艳同悲，是这一切的综合。不过，贾宝玉是一个文学作品里的人物。

他们的生命有一种华丽的私密的寂寞，恰好可用李商隐的诗来形容：“回廊四合掩寂寞，碧鹦鹉对红蔷薇。”

多情者，难免自作多情，处处留情。还用李商隐的诗形容：“花须柳眼各无赖，紫蝶黄蜂俱有情。”我突然发现，这两句诗还可以用来形容《聊斋志异》。

世事沧桑。慷慨的人，易走向冷淡。感伤的人，易走向冷寂。

李商隐的无题诗，美人香草，最得屈原《九歌》的神髓。一种幽微难言、哀感顽艳的气息。他又加入了一点情色。情色最难写，因为最容易写成色情。能把艳情写得如此纯美的，诗人中也只有李商隐了。

李商隐少年曾修道，晚年曾近佛，但其思想中却看不到二者的影响，他始终是一往而情深。因情而生韵，是为情韵。李商隐在唐人中，最具情韵。有韵未必含情，当然，也不失其美，比如风韵。

李商隐曾受李贺的影响，但李商隐的情感比李贺的丰盈、平正。李贺走向奇险，李商隐则走向唯美。

“飒飒东风细雨来，芙蓉塘外有轻雷。”叙述的散文化的笔调，却带有一种奇异的神秘色彩。芙蓉塘，隐隐的雷声。美丽而娇柔的世界有种难以控制的震颤和细微的不安。雨的意味，与或显或隐的情欲意识有关。

李商隐通过明丽来写朦胧。汉字在他那儿有的变软了，含有潮意，有淡淡的影子和味道，是一春梦雨常飘瓦；有的则像一颗颗珍珠或水晶，亮闪闪的。李商隐写诗就像失意商女月夜江心弹奏琵琶，大珠小珠落玉盘，音韵之美，冠绝千古。

博尔赫斯有一篇极短的小说《乌尔里卡》。在小说的最后，他写道："地老天荒的爱情在幽暗中荡漾，我第一次也是最后一次占有了乌尔里卡肉体的形象。"李商隐之于这个世界，或者说，诗人之于这个世界，虽然处处纠缠不清，但其所占有的，也只是一个"形象"。在最安静的时刻，他看这个世界，如宫女赏月——"却下水晶帘，玲珑望秋月"。

形象即一切。李商隐玩味并雕琢这个世界。真正的大作家，并不是描写这个世界，而是创造出一个世界。

上天是对的。写出如此好诗的人，上天不可能再让他在现实生活中春风得意了。"天意怜幽草，人间爱晚晴"，人间也爱好诗。对一个诗人来说，应该这样坚信，所有的苦难都是上天另一种方式的关爱——一种变相的悲怆而仁慈的关爱。

冷门书

可读的书其实并不多，真正能对自己产生深刻作用的，也不过区区那么几本。可能是上一些年岁了，如今，我变得越来越现实起来，但还是喜欢读一读冷门书的。

冷不冷其实是相对来说的。和李白杜甫等众多大名鼎鼎的诗人相比，唐末诗僧齐己就显得冷门了。唐宋间的诗僧中，齐己也算是个拔尖人物，但放在整个文学环境中来看，却算不得一流。好不好其实也是相对来说的。

出于好奇，我就搜购了一本齐己的诗集。和另一位晚唐诗人姚合相似，齐己也喜欢写五律。五律更易于表达相对平和的情感。古诗需要在程式中来写。既能在程式中自由表达，又能不以程式为意，甚至可以随时突破程式，此乃大才。杜甫即是。但更多的诗人在程式中写作久了，不知不觉转而对程式产生了依赖感，这样其作品往往也就流于程式化了。齐己的诗集中也有很多程式化的东西，读多了，会让人不耐烦。苏东坡曾说齐己和贯休的诗集中，有很多凡陋的作品。我读了一部分，也有这种感觉。其实不仅是齐己，甚至一些一流的大诗人，比如白居易，读其诗集，多了也会让人生厌。所谓的著作宏富，往往只是一种量的积累和叠加，而非质的提升。佛门中人，有一流的画家和书法家，却无一流的诗人。我想这是由于传统书画创作，要求其神凝、其志虚，契合于修道。而文学创作，需要内心的冲突，风神激荡，不平则鸣。忧乐萦怀，思入云水，才有感发力。但这和佛门静心澄虑的教义是相抵触的。

有年夏天，我陪父亲去武汉市做心脏造影检查，期间逛图书批发市场，购了本《入唐求法巡礼行记》。这是日本和尚圆仁入唐求法时所写的一部日记。当时正是唐武宗下诏毁佛的时期，即佛教史上著名的“会昌法难”。不巧，圆仁正赶到这么一个风头上。老实说，这本书，我到现在也只看了一部分。主要是看这类书，需要沉下心来，并且保持着足够的热情。日记中写天冷了，一处寺院收蔓菁、萝卜，连上座都出来拣拾菜叶子，倒有家常气息。还有一则写十月十五半夜月蚀，寺院师父们都出来打板念经，五更之后，月色才变亮了。在古时，日蚀、月蚀都算天地间的一件大事，甚至能和朝廷政事掺搅在一块儿。日记中还记有很多日常人情世态，如记载行脚时化斋，有家主人极小气，吃一盘菜，多次讨要才给。想想也好笑，僧人是吃素的，一盘素菜，能值几何，主人居然如此计较。又有一次吃饭，有户人家连一撮盐、一匙酱醋也不给，非用钱买不可。但从中我觉得也可以想象出，“会昌法难”后，政治舆论大环境中，当时的大多数民众一时也对僧人普遍失去了虔敬之心。

后汉崔寔的《四民月令》，现在只是辑佚本，薄薄的，在当前应该算是冷门书了吧，但我倒是认真读过的。此书是写农时农事的，却又有天地气象。那时的人，活得也着实认真，一天一天，按部就班，井井有条。风光流转，平凡朴素的日常细节中，也显示出正大严谨来。此书让我想到诗经中的《七月》，只是《七月》中的人世更生动热闹一些。山河大地，委委蛇蛇，人时无尽，人世悠远。但网络时代日新月异，貌似天长地久的农耕时代早已一去不复返了。临窗读旧书，有时相当于凭栏怀古。

冷门书让我想到周作人形容张潮的《幽梦影》之类的作品，说只是阅读中的“瓜子”，意思是这些作品不过是休闲零食，算不得营养丰富的正餐。冷门书不宜多读。我读冷门书有猎奇的意思在。猎奇与猎艳略同，终非得人情之正。看来我真的是过于现实了。

清瘦

瘦，可以作为一种力。李清照，“人比黄花瘦”，是风神之瘦，并非萧索。李贺，“向前敲瘦骨，犹自带铜声”，是风骨之瘦，并非羸弱。

李清照的句子，“冷冷清清凄凄惨惨戚戚”，像又瘦又长的藤蔓，从宋朝的天空垂下来。

李贺一直很瘦，身体不健康，缺乏锻炼。李贺的诗却枝柯粗大，浓翠交加，但奇怪的是，我读他的诗集，却有枯木龙吟之感，其声尖细悠长。

孟浩然也不胖。诗人瘦些是好的，不然风雪霸桥之上，驴子怎么驮得起。诗人大都是坐不起轿子的。孟浩然多写五律，这种诗体体态修长，也比较瘦。

“郊寒岛瘦”，是用来形容孟郊和贾岛的诗歌风格的。孟郊诗，“借车载家具，家具少于车”，穷到这个份上，能吃得肥头大耳吗？

杜甫夔州时期的诗歌，也开始瘦了。但杜甫骨骼粗大，故而气象峥嵘，风骨嶙峋。西昆体之后，宋人普遍学杜甫，黄庭坚用功最勤。黄庭坚主要学杜甫夔州之后的诗风，称其“剥落净尽”。“剥落”的意思，我认为不仅是指艺术的纯粹性，主要是指一种骨感。学杜甫，王安石得其肉，黄庭坚得其骨，陈师道得其筋。杜甫的神，不容易得，三者也许各得一二。我这么说，不一定全对。既然不一定全对，那当然一定不会全错。废话。

还是黄庭坚。欧阳修喜欢林和靖的咏梅诗句，“疏影横斜水清浅，暗香浮动月黄昏”。黄认为这两句不如林另一首咏梅诗中的两句，“雪后园林才半树，水边篱落忽横枝”。黄庭坚曰：“不知文忠公何缘弃此而赏彼，文章大概亦如女色，好恶止系于人。”黄庭坚说文章如女色，说得风趣，并不动声色地调侃了欧阳修一下。我读之一笑。疏影横斜，瘦。“忽横枝”，也瘦。梅树的枝干苍劲粗大，但横斜过来，还是一种瘦的感觉。

春上小桃枝，不瘦，小可爱。此时的小桃枝，属于小萝莉。

春天的柳丝，妙曼不可方物。但柳丝是细，不是瘦。柳是感性的。那种柔顺，那种线条，那种微风中的动态，千回百转、九曲回肠，让人心碎，让人愿意为之而死。梅枝，孤迥、劲瘦，是一种情操，不能动，需要坚守。

宋人喜欢石头，瘦、皱、漏、透。瘦金体，美艳得简直隐隐有了杀伐之气。美贵含蓄，但这个宋徽宗偏要美得露骨，美得一丝不挂，没了禁忌。绘画中的枯木寒林，也是瘦的意象。瘦，作为一种审美趣味，由宋人加以强调和确立。

楚王好细腰，细腰是女色，也是一种审美趣味。细腰、瘦，其实是一种轻盈之感。建筑中的飞檐、书法中的行草、音乐中的余音袅袅，似乎还没有人把这种审美观念的趋向和形成，和女色联系在一起讨论过。

《西厢记》中的长亭送别，莺莺小姐唱道："虽然久后成佳配，奈眼前怎不悲啼。意似痴，心如醉，昨宵今日，清减了小腰围。"

小腰围，这种瘦，太艳了。真正艳丽的是什么？不是物象，而是情感。故而有色情、艳情之说。

多情公子纳兰性德有词曰："谁翻乐府凄凉曲，风也萧萧，雨也萧萧，瘦尽灯花又一宵。"这种感情，太浓了，不能自拔，无法慰藉。瘦尽灯花，灯就熄了。

情深不寿，无情则形同草木。所以我赞成钱穆的主张，即"以理御情"。

乱红

林黛玉初入贾府。

通过黛玉的角度来描写贾府——展现其中伦理式的等级布局。正房、厢房、桌椅摆设，秩序井然。青埂峰渺渺茫茫的时光，转化成了人间的秩序井然。

大观园，园林依山傍水，是自然的心性。杜丽娘游花园，一声感叹，“可知我一生最爱是天然”。神话中的蟠桃园，就是中国园林建筑的反映。反过来说，大观园其实就是一种古老的“仙境意象”。大观园的精神基础是庄子式的。

古中国没有爱，只有情。爱是一朵花，毫无保留的开放，情是一个层层包裹的蓓蕾，只是春色隐隐。但“春色满园关不住，一枝红杏出墙来”，那是艳情。爱的振动频率虽大，但幅度太窄。

爱是人生的，情是人世的。汤显祖道，“情不知所起，一往而深”。故情可以通于儒家的仁和恻隐，释家的慈悲。情包罗万象，泛然无际。郁郁黄花、青青翠竹、一枝一叶、一沙一石、鸟兽虫鱼，皆可关情。情到极处，其实又可通于老子的天地不仁，视万物为刍狗。情亦通于禅的斩绝和凛然，故而，南泉斩猫，实为大悲。

由太虚幻境到大观园，由神瑛侍者到贾宝玉，由绛珠仙草到林黛玉。显然，这受到了佛家的生命观念的影响。《红楼梦》包含着一个虚缈的空间意象，但不可能形成一个具体的叙事性结构。

季文子三思而后行，孔子曰，再思，可矣。曾子日三省乎吾身，但反省的都是世俗关系和现世修为——为人谋而不忠乎，与朋友交而不信乎，传不习乎。《大学》里的正心诚意，是为了格物致知，是为了人事。老庄提倡无思无欲。我们的本土思想，没有进一步深入那种深刻的精神世界的动力，所以也不可能发展出推理和逻辑方法。而有情致的生活，也并不需要严密的推理和逻辑。山重重，水重重，山环水绕，我们的一切悲欢离合，尽在一个世俗性的叙事层面展开。但这仅仅说明了一个特点，并非意味着一种缺陷。

贾宝玉一转身，即是西门庆。但曹雪芹把他“提纯”了。

贾宝玉不是梅什金公爵（陀思妥耶夫斯基的《白痴》中的人物）。林黛玉和薛宝钗也不是阿格拉娅和纳斯塔西娅（陀思妥耶夫斯基的《白痴》中的人物）。

贾宝玉和林、薛之间，是情的交织而非爱的碰撞，仿佛连绵不绝的缠枝莲绫罗图案，是风乍起，吹皱一池春水，涟漪触动涟漪。

大观园试才题对额，宝玉大显文才，此处不仅是一个叙述上的策略，主要是为大观园这片净土命名的人，非这位护花使者莫属。当他来到省亲正殿，太虚幻境在其心头隐隐闪现。大观园亦不过是镜花水月。它揭示了《金刚经》的一个要义，“凡所有相，皆是虚妄”。

冬天到来，大观园里那千丝万缕临河照影的垂柳，就会变成一条条抽象的皮鞭。

有林黛玉，就有薛宝钗，这是必然的。诗性人格和现实人格是对立的。用诗人里尔克的观点来说，这二者之间存在着一种“古老的敌意”。内心世界圆融如苏东坡，其平生遭际亦证明这一点。但诗性人格导致的诗性人生是美丽的。从世俗观点来看，苏东坡平生遭际实堪伤，然而却如露落圆荷，珠走玉盘，格外具有审美色彩。

乱红如雨，秋千无人。

山色在掌

辑三

清晴可喜

“今朝清晴可喜。”

此句不是我的，是沈启无书简里的一句话。我读了觉得可喜。一个人遇到好天气，赶紧写信告诉自己的朋友，风雅可喜。如今，这等风雅已不存了。

可喜的东西很多，可喜的东西也不多。

几个朋友在微信群里作旧体诗，风生水起。我不懂平仄，但也凑热闹即兴乱写，其中两句敝帚自珍：“好风一缕如客至，繁花初上蔷薇架。”好风、好花，都是可喜的东西，应该珍惜。

可喜的东西往往不实用，实用的东西往往不可喜。谁最擅长黑色幽默？上帝。

有时会觉得自己不合时宜，其实还是自己不够强大。若强大到绝对自信的地步，不为外物所动，不合时宜其实就是独特。红莲池里白莲开，我自倚风而笑。这样，也很可喜。

早晨，有淡淡的雾，不算清晴。有雾霾的早晨不可喜，但有雾的早晨却可喜。送孩子上学后，我顺路到一个荒废的园子看了看，记得去年那架紫藤怒涛汹涌，开得着实壮观。如今，藤花早谢，藤荫郁郁，把一个斑驳开裂的大木头架子都遮严了，看上去也很可喜。

我在里面站了一会儿，只赏藤荫，不思藤花。轻荫如水，是湖水。浓荫如水，是潭水。这儿的藤荫，是一泓深潭。在其中待久了，鱼龙寂寞。

那盘曲的藤条已很老了，皮开肉绽，从这么老的藤条里，一股子一股子吐出这么多繁茂的枝叶，真是不可思议。说“吐”，也许并不准确，应该是“喷”。

诗人杨万里，暮春看到树叶快速生长，也觉得不可思议，“只是向来枯树子（这里的“子”是助词，无意义），知他哪得许多青”。诗人的好奇和天真，虽然很大程度上是做出来的，但毕竟还不失为好奇和天真。这也是可喜的吧。

前几天我读一位逝去的学者选注的杨万里诗集。经历过“文革”的那一批学者，学问功底的深厚，是当代绝大多数学者没法比的，但他们动不动便在注释中谴责起古代作家的“封建思想”来。这让我有时替那些古代作家叫屈，有时又替这些学者难受。自己的思想被改造了，还得自觉或不自觉地去改造古人的思想。

作为和陆游齐名的诗人，杨万里的诗虽然比陆游的少了点味道，但还是有很多可喜之处的。杨万里的诗，给我的印象是清癯，偶尔瘦骨嶙峋。上前敲瘦骨，犹自带铜声。

写到这儿，我抬眼就看到电脑旁边的这株君子兰。我养了十五年了，它只在第一年开了花，然后就只长叶，没想到今年，却如梦方醒般抽出一支花茎，非常可喜。把一株君子兰养了十五年，并且还要继续养下去，仅仅这点，我觉得就已经很可喜了。

残夜初尽，正遇花开，可喜。听一支琴曲，《花开见佛》，没见到佛，只见到自己。人总会有那么一刻，对这个世界，可以不存芥蒂的。

好风一缕，花朵微微动了一动。人的心里，也有什么东西，微微动了一动。

旧时天气

古人喜欢讲天意，天意难测，靠天收入的民族，转而重视天气。这也是农耕文化的一个特点了。吕祖谦晚年在家乡金华养病期间，所写《庚子辛丑日记》，其中对天气状况的记录极详，内容看似简略，其实倒挺有意思的。

吕祖谦为南宋大儒，理学大家，入《宋史·儒林传》。儒林传一般都不热闹。我翻了翻《宋史》中的儒林传，也果然不热闹。吕祖谦的一生也很简略，但婚姻生活很不幸，娶了三个妻子，都早逝。如果是归有光，一定很哀婉。但理学家能克制自己。

日记中最重要之事是修撰《吕氏家塾读诗记》，其次是编写历史著作《大事记》。吕祖谦所读之诗，为《诗经》。

立春这一天，天气阴阴的，夜里有了微雨。这一天，对吕祖谦来说，应该很郑重。这一天没有什么事，只是落了点细雨。微雨，也是一件事，很郑重。第二天，即立春的第二天，也没有什么事。但这一天，天边隐隐滚过雷声。轻雷，也是一件事，并且应该是更大的一件事。接下来的一天，吕祖谦开始修撰《读诗记》了。这一天，他读的是《无衣》。这一天，天气还是阴的，但太阳偶尔也会露一下脸。阴天中的阳光格外明丽。

接下来一连几天，都是晴天。气温迅速回升，天气很暖，简直暖和得过分了。但当《读诗记》进行到《小戎》和《蒹葭》这两篇时，天气转阴，又冷了。如此也好，《蒹葭》一诗，本身就有一种凉意，一种清澈美丽的凉意，执著而低回。这月下旬，有一天（即二十三日），我觉得应该顺便在此写一下。这一天，阴，有时见到太阳，天气极暖。准确地说，是闷热。傍晚时分，果然下了雨。雨很大，檐溜终夜响个不停。檐溜总能让人有所触动。窗外的芭蕉已经舒了几个小叶了，当然，还要再过一段时间，才能形成气势。这一天，不读《诗经》，编《大事记》。

惊蛰这天，晴，桃杏盛开了。桃杏争艳，天地一新。慢慢地，紫荆也开满枝条了。紫荆这种花和梅花一样，没有绿叶的陪衬，但花朵密集，更有冲击力。很多花都开了，但天气还是不稳，时暖时寒。远山还有残雪。不过，天气毕竟日趋于暖。绿叶渐渐成荫。笋尖破土而出。时光真快啊，转眼就立夏了。整个夏天，无外乎阴、晴、雨，或时阴时晴。或时晴时雨。整个夏天，无外乎读书，修撰《吕氏家塾读诗记》和《大事记》。秋分之后，桂花香了。桂花香比较浓郁，有强烈的现实感。

值得注意的是，九月份，编著之余，吕祖谦开始读《医经》。我推测，这种阅读，可能对应于他的不太乐观的身体状况。直到立冬之后，日记里仍有阅《医经》的记载。入冬了，天气变冷。有雪，有腊梅。次年二月前后，雪好大，一连下了六七天。天地一白，有梅香隐隐。

开头说过，此日记吕祖谦写于自己乡居养病期间。我奇怪的是，吕祖谦居然没有一句话提到他的病、他的身体。他居然对此可以做到只字不提。佛经里菩萨见释迦牟尼，首先就问世尊身体是否安好，是否少病少恼。我读到这点，当即就很感动。我觉得，任何人都不应该轻视肉体。

不知迷路为花开

“曾省惊眠闻雨过，不知迷路为花开。”李商隐这两句诗，说是看花，其实是写他的艳遇，而我的艳遇则是宋词。少年时代，我读宋词是误入藕花深处，有遇仙之感。

北宋词和南宋词是有区别的。王国维偏爱北宋词，我也是。北宋词是小棉袄，贴心贴肺，不隔。南宋词是风衣，好看，但有点隔。

北宋文人的心理人格相当圆融，有宽和包容的气度。比如欧阳修不喜欢佛教，但并不像韩愈那么强烈地排斥。据说他晚年还和一个和尚做起了朋友。他也并不干扰和反感苏轼等人接受佛教思想。苏轼对其门下之士，也是和而不同的态度，如群星错落，花叶参差。

"澶渊之盟"影响深远。宋、辽两国对峙结束，百余年内，基本没有大的冲突，社会生活繁荣富庶。重文轻武的文化政策，使士大夫自身的存在感空前加强。人只有内心世界有了强大稳定的依托，情感生活和精神生活才能变得从容而有余裕。于是"闲愁""闲情"出来了，"若问闲情都几许？一川烟草，满城风絮，梅子黄时雨"——兵荒马乱中的紧张心理，是不可能产生这种情绪的。北宋文人真是有"闲"，他们的词里有很多"闲"字，"针线闲拈""闲坐""闲眠""闲寻""闲信步"，连泪水都可以是"闲"的——"一春离恨懒调弦，犹有两行闲泪宝筝前"（晏几道《虞美人》）。他们的内心世界是舒缓的，因而也是舒展的，用张先的一句词来形容，正是"日长风静，花影闲相照"。闲而能定，所以他们的感情质地有一种静定的底子，包括伤感。北宋的词，情调上是温的、软的，仿佛一江春水向东流。南宋清而易冷，北宋清而能旷。北宋文人的情感世界，整体来说，是一篇《闲情赋》。他们的烦恼，往往是"闲"出来的。

到了南宋，江山只剩了半壁，文人的内心世界有紧促感。都城名为临安，纵有鲜花着锦之盛，也只是暂且姑且之意。心弦绷紧，词的情调就显出几分清冷色彩来，风格上有一点玻璃质，脆、亮，但是格外精美。辛弃疾是一个典型的例外，但他的英雄主义的高昂激切中，其实是有着深深的无奈的。到了晚期，吴文英、王沂孙他们在玻璃上雕花，有一种清晰繁复的朦胧感。南宋文人的心灵世界，整体来说，是一篇"秋声赋"，有很强的身世之感。南宋词、南宋的绘画、南宋的艺术气质，仿佛弥漫着更多的水意，水的气息。这水，当然是秋水。秋水漫漫，不仅是时势使然，这应该也与南方的地理环境和气候有关。关于地理、气候与文化特质的关系，钱穆和黄仁宇都曾论及。

北宋词是直接抒发，南宋词是观照后抒发，这就有了一个省思的过程。在这个过程中，方便情感沉淀和结晶，文体意识自然而然就更加自觉起来。

同一种情感表达，在《古诗十九首》里是“思君令人老”，质直朴拙，仿佛是伸手直接从生活上撕下来似的。在柳永那儿是“衣带渐宽终不悔，为伊消得人憔悴”，具体的描写刻画中，有了回环婉转。到了南宋的吴文英那儿是“惆怅双鸳不到，幽阶一夜苔生”，虚了，静了，雅致尖新得有了现代人的意识。而从北宋到南宋的词人中，有一个公认的过渡性的大家，这就是周邦彦。

周邦彦是一桥飞架南北。南北朝时的傅大士有偈语曰，人从桥上过，桥流水不流。傅大士大约是以桥隐喻易逝的肉体，以水隐喻恒常的佛性。而我这里的意思却是，宋朝的文人虽离我们而去了，宋词的美却永远留了下来。

卖花声

《楚辞》里的人将花草佩在身上。唐宋时的人把花草插在鬓边。牡丹这么硕大妖娆的花，男人也簪戴。皇帝有时将花赐予朝臣，并亲自给他插在鬓上。现在看来，非常肉麻，但在当时却是一种荣宠。《水浒传》中元宵节御街当值人员幞头边各簪翠叶花一朵，可见簪花风气之盛。既然男人如比，女人就更不用说了。有需求，就有供给，就有卖花人。鲜花容易蔫谢，有时效性，卖花人得走街串巷挑着卖。

“小楼一夜听春雨，深巷明朝卖杏花。”陆游的这两句诗，写的是临安市井生活一景。北宋虽然结束了，但汴京的风俗人情在临安仍得以延续和保留。卖花的具体情形，《东京梦华录》里有详细记载，说是每年三月，“万花烂漫，牡丹、芍药、棣棠、木香，种种上市。卖花者以马头竹篮铺排，歌叫之声，清奇可听。晴帘静院，晓幙高楼，宿酒未醒，好梦初觉，闻之莫不新愁易感，幽恨悬生，最一时之佳况”。北宋如此，南宋可想。

比陆游略晚的词人蒋捷，专门有词写卖花人：“担子挑春虽小，白白红红都好。卖过巷东家，巷西家。帘外一声声叫。帘里丫环入报。问道买梅花，买桃花。”

这个养家糊口的小贩，挑担花儿，走东巷，过西巷，一声声叫卖。小丫环听到了，忙兴冲冲掀帘问道：“小姐小姐，你说咱们是买梅花呢，还是买桃花呢？”看来她们是经常买花的。宋朝还不插瓶，她们都是留着簪戴的。南宋江山半壁，上层波澜起伏，主战派和主和派争斗不休，但民间里巷却保持着一种平稳和从容。最亲切有味的，还是这平凡俚俗的日常细节。

楼下是菜市街，每天早晨，市声喧嚷。我倒挺喜欢这种嘈杂之声的，这种声音让这个不可捉摸的世界显得确切、真实。

有天，一个卖葡萄的小贩开着三轮车到楼下叫卖：“葡萄便宜啦，十块钱两斤十块钱两斤，好吃得很呀——”但听了一会儿，我就感到有点无法忍受了。如果他自己喊叫，倒还无所谓，问题他用的是录音喇叭。这种一成不变、周而复始的喊叫，急促、迫切，富有某种莫名其妙的攻击性，是一种情感的机械复制，其实又不含任何情感。当时我想，还是我太敏感了，换了其他住户可能就会若无其事。但这时却见楼上有扇窗子猛然一开，有个赤膊汉子探头怒吼：“卖葡萄的，闭嘴！”

卖葡萄的关了喇叭，“闭嘴”了。我又想起《东京梦华录》中的记载。书中说卖花人“歌叫之声，清奇可听”，这说明卖花人不仅叫喊，而且还拖着腔“唱”。如此才能更动人，否则，听者也不至于“新愁易感，幽恨悬生”了。

卖花人是怎样“歌”和“叫”的呢？“清奇”二字，实在让人悬想。

也不妨进来一坐

宋之后，中国绘画从具象走向抽象，也是一个必然的结果。徐复观认为中国艺术的精神，其根源即是庄学、玄学。徐复观论艺术，抓住了问题的根源。绘画虽有技巧，但大画家又不单单执着于技巧，而是道进乎技。

艺术离不开形象。而小画家或匠人追求的是形，大画家追求的则是象。形是有局限的，有一个限度。象超越于形，是谓大象无形。它的究极之境正如老子所言，“无状之状，无物之象，是谓惚恍”。

好的诗词，写出了意境。好的笔墨，画出了意象。形，可以看，是一个视觉现象。象，可以读，是一个心灵现象。中国画，与其说是看，不如说是读。

有一段时间，我读文学读厌了，就读了一点画册。我年轻时喜新厌旧，现在倒喜欢怀旧。我对那种有历史感的东西和被时光冲刷漂洗过的东西，怀有好感。中国小说里，我过一段时间就想翻翻的，是《红楼梦》和《聊斋志异》，这种喜欢，是情不自禁的。中国文人里，我最有好感的是陶渊明和苏东坡。中国画家里，我最为偏爱的是倪瓒和八大。在这篇文字里，就说一说倪瓒。

倪瓒的构图，最为人称道的是简洁，所以也容易被人模仿。直到现在，还有很多人冲着他的简洁来学习。但简洁是最不易学的，一学便学成简单和寒俭。画虎不成，至少还可以类猫。画猫不成呢，也许就什么都不是了。简洁是构图风格，而其内在精神则是淡远和萧疏。这是一种纯个人化的表达，象而离象。那些出神入化的线条，其实不是线条，而是敏感的心弦。

倪瓒画中那寥寥数棵树，落落几块石、寂寂一榭、悠悠一水，逸笔草草，超然物外，却又给人一种千古恒定如斯之感。《庄子》里说尧治理好天下之民，安定了海内之政，去姑射之山、汾水之阳拜见四位得道之士，窅然若丧天下。倪瓒笔下的山水，仿佛就是姑射的山水。不过，山是残山，水是剩水，清寂和清远混杂在一起。一亭或一榭在那儿空着，仿佛得道之士早已从里面飘然离去。看上去，让人心思静静的，窅然忘却所有世事。然而，慢慢又有一丝怅惘隐隐泛起。天长地久，亭榭无声，那里面的人究竟去了哪儿呢？整个人世的热闹，说抛弃，就全都抛弃了……

倪瓒的诗歌也有淡然闲静的思致。在元代，他也算是个不错的诗人了。

倪瓒被打，一言不发，道："出声便俗。"知堂老人晚年，也曾被红卫兵踢翻在地，并被人用皮带狠狠抽打。不知知堂老人当时心中做何感想。至少，我觉得这种文化的耻辱感是相同的。

清代学者阮元说别人的山水画，如果身临其境，皆可得游赏之乐，而倪瓒的山水画，虽得萧疏淡远之致，但假如身入其境，则索然意尽。阮元是安享过富贵的人，这样设想虽别有意趣，却也理所当然。但这也恰恰指出了倪瓒的绘画的与众不同之处。倪瓒的绘画，是境由心造，只可悠然神会，不可寻常卧游。它诉诸人的，更多的是一种心灵深处的领悟，而不是感观层面上的触动。

然而，亭榭空空，虽不可久坐，也不妨进来一坐。

春水

驱车外出办事，见路边新挖的河道里，春水凝碧，心里有说不出的感觉。好久没见过这么澄澈的河水了，半下午明晃晃的阳光中，静静的，像一个明丽的挥之不去的梦。我喜欢早春和残秋，有发现的新奇和独树一帜的美。

岁月蹉跎，但对于美好的事物，我还能一如既往地保持着一种清新的感动，这说明我还没有麻木。我希望自己能够变得平和，有愉悦感。但平和不是麻木，平和应该是澄澈的、有力量的，如果对这个世界了无所感，丧失观照和感应的能力，我宁愿因敏感而痛苦下去。

想想那种无论在精神、情感抑或物质生活上都全心全意为自己设想打算的人，也挺不容易的。他们把自己四平八稳的小世界经营得一丝不乱，维护得风雨不透，虽然像一个波澜不兴的金鱼缸，但异常结实，是钢化玻璃做的。只是，我虽偶尔佩服，却倒也并不羡慕。肉身难得，人生苦短，我宁愿彻底做一个世俗意义上的失败者，也不要做那种动物般生活着的毫无特色的所谓成功人士。

曹操征伐孙权，进至濡须口，两军隔江对峙，相拒月余，冲杀数场，互有胜负。春雨连绵，曹军渐渐陷入窘境，方欲退军，又犹豫未定，忽接孙权书信，上写“春水方生，公当速去”。背后另批两行，“足下不死，孤不得安”。曹操读毕，哈哈大笑，道：“孙权不欺我也。”遂下令班师。这种敌手间的直截了当、出言不讳反而变成了一种风雅和气度，只有在《左传》中方可见到，在《史记》里的刘、项争逐中，就有“吾翁即汝翁”之类的习气口声了。最强的敌手往往也是最好的知己，曹操死后，孙权应该是寂寞的。《三国演义》中，我最喜曹操，他身上隐隐有风流高旷之气。这种风度，在《世说新语》中的桓温身上，还隐隐有其余韵。我对桓温，也颇有好感。桓温北征，路经金城，见当年自己所种柳树皆已十围，慨叹木犹如此，人何以堪。此处最见他的英雄性情，他是有野心的人，但当时东晋的气数仍不当尽，他巨大的抱负，也只能如箭在弦，引而不发。而项羽死后，刘邦也以礼厚葬，为其发哀，泣之而去。刘邦毕竟是个响亮豁达的人。在当代人之间，只有龌龊和小奸小坏，没一点美学色彩。现在的水都被污染了。更多人的生命就像浊流滚滚，虽也有气势，但那气势是破坏性的、冲撞式的，而不是一江春水向东流式的浩大和清洁。所以，这样的人生，虽在攫取和占有，却不能充实，更没有回环往复、悠悠不尽的情致。这样的人生，需要不断地填充，因为其本身就是空虚的。他们浪费自己的生命而不自觉，他们的人生看似热闹，其实只不过是一种杂乱和喧哗。

中国传统的艺术境界是秋水长天，虚、静、涵溶万物而澄澄不动，是老子所说的“致虚极，守静笃”，它的显现是宋元的山水画。但它的另一面性格，其实是春水方生，是生命的涌动和奔流，它灌注在伟大的唐诗宋词之中，在困顿和逼迫的时代境遇中，又能变得激越慷慨，如杜甫和辛弃疾。然而，真正的人生常态还应该是静水流深，而非惊涛拍岸。弟子侍坐，孔子让他们各言其志，最赞成曾皙的“浴乎沂，风乎舞雩，咏而归”。春风细细，沂水溶溶，有自然的和美，也有人生的温情，且意境高远、韵致悠然。

风多杂鼓声

夏雨成河，楼下的花圃里，可以听到阵阵蛙鸣。

我接一位长者的电话，聊了一番。他虽年近七十，思想却没有僵化，仍很有活力，最近居然在读一些时下的热点小说。我则不读当代小说久矣。这不是小说的问题，是我的心境问题。

时间，可以让一些东西贬值，但也可以让一些东西升值。大浪淘沙，更多的成了废物，少量的成了古董。对人也一样。有些人的生命，越老越有内涵，有的则日益贫薄。

有内涵的老人，比如鲁迅。其实鲁迅去世时并不算老，顶多界于中年和老年之间。但鲁迅总给我一种很老的感觉，几乎就没年轻过。他的青春消失得太快，真的是白驹过隙。鲁迅太正大端庄了，不允许自己年轻。鲁迅晚年老辣，老辣很好，说明老得有味道。鲁迅不写长篇小说，学界有种种论说。我觉得也许还是性格原因。鲁迅的性格中，有过多的内敛的诗性。这注定了他不能有太多的建构和铺排。这种诗性，不是史诗性的，而是抒情性的，但也是结晶的，而非流动性的随物赋形式的。鲁迅性情峻急，做不到裕余回旋。《红楼梦》也反过来体现了曹雪芹生命的抒情性，但《红楼梦》的叙述是舒展的、发散的。鲁迅最长的小说《阿Q正传》，却显出了某种松散。舒展体现了叙述的游刃有余、从容有致。松散则是一种能力的失控。按着这种写作方式来看，如果拉长下去，整部小说就会瘫痪了。

老而弥坚的人，还有陈寅恪。陈寅恪晚年颂红妆，著《柳如是别传》。历史的转捩点上，陈执意留在了大陆，拒绝台湾、香港之邀，后来种种遭遇，却是始料未及。陈写钱牧斋降清后的矛盾后悔，笔触多带体贴之意，是否杂有自己的身世之感？态度即意味着立场，学术著作也是一种内心的表达方式。

但他们都老而不衰，头角峥嵘，与现实的撞击越猛烈，生命的火花迸发得越明亮。

作为学者，陈寅恪文笔的生动性不如钱穆，虽然两人的文笔都是典型的学者式的文笔。钱钟书的当然更好。但是，我读钱钟书，却有一种隔。钱钟书对这个世界，可能始终保持着一点点距离。他把一切都看得很清，目光如炬，但就是不能与这个世界心贴心，就是不能有某种切肤之感。

有的人或文章，其缺点却可以成为特点。有的人或文章，其缺点则只是缺点而已。因为没有生命力。没有生命力，只能靠形式尽力支撑，形式还不等于排场，排场还有个气氛。没有生命的形式，是人去楼空，越是华丽，便越是显得空寂、空洞。这段话并不是针对以上几位而言的，而是凭空落了那么几滴冷雨。

人生，有些东西在不得不舍弃的时候，不如主动舍弃。这样，至少还有一点尊严和风度存在。被动舍弃，自己反被遗弃了。在混乱的时代，更是如此。

语思，雨丝。夏天的雨，和春雨不同，其实很少有雨丝的，一阵子一阵子的，大珠小珠，响哗哗就下来了。

唐诗写边塞兵营，“风多杂鼓声”。夏天的雨就有如此之势。

下雨天，哪儿也不去。午饭清炒苦瓜，却炒咸了。苦我倒能吃，咸却着实难咽。

器喻

少年是银碗里盛雪。

这段生命最为华美清洁，但雪很快就会化的。风声、雨声，都不如融雪声。

少年时，我站在茅檐下听融雪。有的水滴欢快，有的水滴惆怅。我想急于跑进这个世界，又有一丝担忧和迷茫。但天是高的、蓝的，阳光白亮，清寒中有微微的暖意。

墙外那棵桃树，枝条透红，似乎已经孕蕾了。台阶下那几丛淡绿的草芽，也早已冒出了地面。

中年是饭钵里插花。

生活是沉甸甸的，如一个钵。自己的生活，酸甜苦辣，自己捧在手里。自己钵里的饭，自己吃完，不能倒掉，人生经不起浪费；也不能分给别人，自己以为是好的，别人可能会感到嫌恶。

仍有艳想、妄想，但对自己的东西开始珍惜，怕失手打碎了。因为很明白自己已经经不起太大波折了。

中年是人生的盛宴吗？不，对绝大多数普通人而言，命运再豪奢的举措，也只是给你置办几碟普通的菜肴。满汉全席是属于那些大人物和幸运儿的。普通人吃普通的饭，乐而忘忧，不知老之将至，这样才好。

用过的钵洗净了，也可以插上一枝花的。中年，有的时候会刻意寻找热闹。有的时候是很静的，不想说话，一个人对花无语。

记得有一种花，叫佛钵花。

老年是陶罐里熬茶。

陶罐是一种最本色的器皿，铅华尽洗。陶罐就是陶罐，就是这么绝对，乾坤定位，再没有丝毫改动和游移。

而茶则是苦茶。花茶太甜了，绿茶太淡了。唯苦才是一种人生的至味。外祖母曾说过："人来到这个世上就是受苦的，不是来享福的。"我以前认为这话是悲观，如今才领悟，原来是大度和坚忍。

人不能耐酸，却能耐苦。苦里有大境界，最耐人寻味，咂摸咂摸，有隐隐的甜，像日落群动息，无限清穆中的一抹殷红。

茶喝完，人也该走了，而陶罐犹温。陶罐来自于土，终必复归于土。

天高云淡，花瓣无风而自落。

旧响

干木头，木头疙瘩和老树根，炖猪头或猪蹄儿，红红的火舌舔着灶门。木头突然发一声响，“嘟”，或“啪”，火舌一惊，颤了颤，猛一缩，又猛一伸。这种声音，现在很值得怀念。

提着木桶到井里提水，木桶快挨着水面时，要甩一甩，桶顶朝上，桶口朝下，“嘭——噗”，桶里灌满了水，攥紧桶绳，快速提出，到井口时，木桶有时会磕住青砖砌就的井壁，发出很钝的声响，水溅了出来，井底“哗啦”响了一下，像落一阵雨。小时候，我喜欢跟着父亲去担水，这算是一件很愉悦的事情。老人说，井旦藏着龙。有时我会很担心，怕打水的时候，惊动了龙，它会冷不丁地蹿上来。

白铁水壶开了，在小炭炉上发出“咕嘟咕嘟”的声音，蒸气顺着壶嘴一缕一缕飘上来。

锯木声，小锯的声音尖而促，“呲”“呲”；大锯的声音粗而迟，“日——”“日——”。

外祖母纺线的声音，有点抖，有点颤，“嗡——嗡——嗡——”，没有结束，也没有开始，就那么永远响下去，无穷无尽地响下去，在岁月没有底儿的深处。

老黄牛反刍的声音，我们称为“牛倒沫”。它就那么安然地咀嚼着，你望望它，它也望望你，两只眼睛那么大，似乎带点疑问，然后停住咀嚼，有一缕白沫在嘴角挂着。顿了顿，看没什么事儿，它又慢条斯理地咀嚼起来，脸上是一种安详的神态。它那么大的身躯，半卧着，把自己整个地托付给了人类。从来也不曾想到，人类是靠不住的。

落叶声。檐溜声。竹折声。

黄昏日暮，雪霰声。雪霰，我们叫“雪粒子”，打在木窗棂上，又纷纷反弹四散，声音清脆而零乱。这个时候，点灯有点早，不点灯又有点晚。我戴上棉帽，来到门前的池塘。夏天，里面是满满的蛙鸣。冬天，池塘安静下来。水面还有很多枯荷的叶子，半张着，卷曲着，雪粒子落上去，响得特别繁密。天慢慢黑了。声音小了，消失了，雪粒子变成了雪片，轻轻的，满天飞舞。

刚吃过晚饭，母亲就说：“下大雪，早点儿睡吧。”

“吱呀”，关上木门，上了门闩。

我睡不着，躺在床上，门外仿佛有很多声音。细细听听，也没听到什么，但能清晰感到浓浓的满天满地的雪意。但天和地却又都静悄悄的。

风声

美国诗人勃莱写过，贫穷而能听风声也是好的。

贫穷的时候，风声是特别多的。风吹到人的骨头缝里，吹到人的心窝里，在那儿不停打旋儿。整个世界都是凉的。人就像一座门窗大开的老房子，里面什么也没有。

困窘的时候，风声也很大。呼呼刮着，带着苦味。人在风里无处可走，但又不能老是站着。这时的天地不是大，而是空。走到哪儿都是空。

我这里写的风声，其实写的也是萧红，写的是我阅读萧红小说时的印象。有一年，整个冬天，我都在读萧红。以至于让我产生了这样一个判断标准，凡是优秀的作品，必须具有风的感觉。

那年冬天，我去哈尔滨看雪。黄昏夕照，残雪千里。天地之间静悄悄的，但仍给人一种风的感觉——仿佛有一场浩荡的大风，刚刚在一瞬间停下来。北方的天地真是空旷，村庄也显得小了，像一个个随意丢弃的薄薄的小木盒儿，东一个西一个，风一刮就跑了。置身于一个空旷的世界，人的生命意识和自我意识会加倍增强。

《家族以外的人》《后花园》，有很大的空间感。在女性作家中，这一点格外少见。萧红的小说，比鲁迅和沈从文的小说有更大的空间感。

老年人普遍喜欢回忆，比如孙犁。萧红喜欢回忆，则是因为寂寞。萧红其实是一个回忆型的作家。《呼兰河传》有批判色彩，但骨子里是对温情的渴望和寻找。

在传统文人的世界里，风声更是经久不息的。

《庄子》是鹤鸣九皋，天风浩荡。

我读韦庄，读到“树老风声壮”的句子。风声盈耳，好几天挥之不去。那么老的树，偏偏遇到那么大的风，不能承受也得承受。

韦庄的风声没有杜甫的壮大。杜甫的大唐是初秋，韦庄的大唐是秋尽冬来，很快就要白茫茫一片真干净。说是大唐，其实已经不大了。由金瓯变成瓷碗。到处都是裂缝，轻轻一敲，就碎了。

“金谷树多风正凉”，那么豪华的地方，那么繁密的树木，风却是凉的。越豪华，衰败起来，也就越彻底。一发不可收拾。

还是韦庄的风：“长安十二槐花陌，曾负秋风多少愁。”最后长安消失了，只剩下西风残照、汉家陵阙。大唐之后，长安作为帝都的至高地位已永远不能恢复，只是变成了一个永恒的文化意象。

每到乱世，文人真凄苦、真仓惶。在他的时代，他像个胆怯的生客，简直手脚没处放——缺乏生活能力的人乍到陌生地点，也会出现这般情形。

韦庄后来入蜀，老有所寄，老来富贵。

他曾写诗：“花开疑乍富，花落似初贫。”花开花落，写得如此现实、世俗，但又能化大俗为大雅。这种感觉，在古代诗人那儿，应该是独一无二的吧。

“力拔山兮气盖世”终不敌“大风起兮云飞扬”。仅仅从起句来看，项羽的诗还是属于英雄主义口气的，刘邦的诗里有天道自然意识，有阔达宏大的境界。风过处，草木皆动，万物欲飞。在这样的境界里，人可以慷慨悲歌，纵横万里，也可以对酒当歌，优游徂岁。

雨声

高楼听风，茅檐听雨，清斋幽篁静夜听雪，竹折声能使人悟道。人可以成为大自然的知己。知己即知音。人和人之间，隔世也可以成为知音。如韩愈之于欧阳修，陶渊明之于苏轼。杜甫晚年漂泊夔州，咏怀宋玉，“怅望千秋一洒泪，萧条异代不同时”，杜甫也可以是宋玉的知音。

楼上听雨，楼不是木楼，不是竹楼，是钢筋水泥楼，没有感觉，没有自然的气息，上楼的时候乘电梯，没有脚踩木楼梯的节奏感和生命律动。雨刚刚落下来的时候，我老以为是楼上的邻居洗衣服或晾拖把。雨声是很主观的。

宋词里雨水多，老是下不完似的。宋词是一个个抒情的水塘。水塘，其实是雨塘，都是雨。不下雨的时候呢，里面又到处是月亮，层层叠叠的月亮。

到了南宋，雨下大了，密了，地上就长了很多青苔。吴文英说："惆怅双鸳不到，幽阶一夜苔生。"那双美丽的绣花鞋——情感的载体——凌波微步，如今走到哪儿去了呢？汉语到了宋词，已经雅致得登峰造极了。不过，也不是完全没有了空间，山高我为峰。

"五四"诗人写诗，句子散文化，微微泛黄，有稚拙之感。我喜欢沈启无的一个句子："在风尘里老了的燕子。"我是个喜静不喜动的人，静极思动，也不怎么动，动得静悄悄的，就像月移花影上栏杆。但我读这个句子，却起漂泊之感和沧桑之感。老了的燕子，雨下大的时候，应该回到旧垒。

少年时代，我也曾有哈姆雷特的疑问："生存，还是毁灭？"尖锐的、极端的、火热的。急迫迫地想给自己找一个确切答案。

现在想想，也不是个什么问题。

活到一定份上，很多问题自然而然也就不成其为问题了。对大多数人来说，逆境顺境，谁都有，但逆也逆不到哪里去，顺也顺不到哪里去，惊不了天，动不了地。

那么，乐就乐在其中，苦就苦中作乐。

如今如果谁还问："生存，还是毁灭？"我则答："雨声。"你可以说我答得牛头不对马嘴，也可以说我顾左右而言他。反正，生活本来就没有什么确切答案。如果有一个绝对的答案，那么只能反过来说明，生活太狭小了，成了一道简单的算术题。

而夜来风雨声，花落知多少？人需要割舍，又总有牵挂。一路行来，山高水远，山绕水环。燕子在风尘里老了。

“夹路桃花风雨后，马蹄何处避残红。”这两句诗，忘记在哪儿看的了。

王国维论诗曰，一切景语皆情语。但也不妨说，一切情语皆可通禅。

一番风雨之后，残红万点，本来是寂灭，反倒成了一种繁华。在这种繁华之境中，想不惹尘缘，似也不能。那就策马前行，直接踏过去就是了。只是须知，花开如醉，花落如醒。

风雨催花开，风雨又送花去。风雨似有情，风雨又似无情。但花朵是永远的主人，风雨是永远的过客，宾主历然。

雨过天晴。初日之下，一切如旧，一切又都是新的，流光溢彩。

早晨我逛菜市场，见三轮车上有卖草莓的。红艳艳的草莓，衬着碧绿的叶子，满满盛在几个大竹筐里，非常好看。

昨夜的雨声，原来都在草莓生机勃勃的红颜色里了。

旅行

旅行是一种慢生活，一种生命体验，是近处的“我”，寻找远方那个隐约的“我”，是一种山长水远的邂逅。

人生也是一次旅行。历史也是。

“陌上花开，可缓缓归矣。”春光是易逝的，春光又是无限的。那么多的路，总有一条开有花朵。那么长的路，总有一段开有花朵。那么多的花朵，总有一朵属于你。不要太急，也不必太急。人活着，总有属于自己的那份美好。

有一年，我想徒步旅行，在春暖花开的时候，沿着黄河岸，走上个十天二十天，但始终没找到合适的旅伴，自己走吧，又没勇气。结果不了了之。

晨起无事，我翻王勃的集子，看到《春思赋》里有这样的句子："行行避叶，步步看花。"这种走法，真是豪华，人生没有一点浪费。唐朝的人最喜欢漫游，成天到处跑，一高兴跑到了江南，又一高兴来到了塞北。注意，是"漫"游，而不是"旅"游。没有什么目的性，这才叫任性。人生是跳脱的、飞扬的，微带天真，不拘一格。只有一个创造性的时代才会有这种生机和生气，精、气、神完备。

古人徒步、骑驴、乘舟，有泥泞，有颠簸，有风波，然而跌宕自喜或忧乐交集。平和中有莫测，安全中有惊险，有细细小小的悬念。想一想，倒挺有意思的。

山中的岁月很古，路上的岁月很长。

古时有位妻子给远方的丈夫织了双棉袜，附书寄去，曰："愿着之，动与福并。"这种深情实在绵长，每一步都是祝愿。穿着这样的棉袜，无论走多远，心里都是踏实的，每走一步也是踏实的。

我们现代人也一直在走着。衣衫褴褛，袜绽鞋破，一路走去，走得疲惫辛苦。

但我们走得太远，不愿回去，也回不去了。历史的、政治的、经济的诸种奇诡因素，导致了文化断层的产生，我们成为精神上的游子了。

穆天子遇到西王母，旅行成了一种奇遇，然而他还是回去了。

现代人并没遇到绝代佳人，虽一味向西方文化搭讪，却不能另结新欢，充其量是春风一度。《诗经》里的结缘是，"投之以木瓜，报之以琼琚"。我们得到的是什么呢？恐怕不是琼琚，而是一些刺激性的、肤浅的东西。我们与西方文化的关系，仍是一种桑间濮上的关系。金钱和物质再多，仍然没有归属感，混乱、焦虑、分裂。

在情感和精神的深层处，如果没有那种深沉、温柔的文化思念，没有那种骨肉相连、血浓于水的文化认同，无论风景再怎么好，恐怕我们内心深处仍克服不了那种“移舟泊烟渚，日暮客愁新”的漂泊之感的。

散步者

我喜欢在暮晚散步，天宇幽暗——不是黑暗——有隐约的光色。这个时刻，是心灵与天地最为无间的时刻。这种心灵的状态，是一种融合的状态，而不是宾主历然。

从心理学的角度来看，散步是化解抑郁的最佳方式。

年轻的普鲁斯特喜欢在黄昏散步。晚年的卢梭喜欢在下午散步。契诃夫的几篇小说里，都有散步的场景。我印象最深的有《带阁楼的房子》，里面写了霞光消失前的林荫道。里尔克隐居穆佐，没事就到田间转悠。屈原行吟泽畔，也是一种散步——苦涩地散步。苏东坡贬谪黄州，曳杖而行，是另一种散步。陶渊明呢？我想象不出。二十多年的乡居岁月，隆冬岁暮，日入群动息，黄昏寂寥，难道不出去走走吗？逍遥游的庄子呢？古代的人，他们隐匿得太多，只有生命中那几根最鲜明的线条留了下来，我们便利用这些线条，对他们进行反复勾勒。

很多时候，我们会对我们自己热爱的生命形象，重新进行虚构和创造。传承是一种伟大的误读。在特定的情况下，过于追求真实，反而索然无味。比如，艺术。再比如，爱情。

散步，可以信步而行，也可以目的明确。散步者，能有效地利用自身，与狂奔者不同。狂奔是一种极端状态，如兰波、海子那样。过度的生命速度，几乎是不可控的。那是一种倾泻和漫溢，而不是积蓄与吸纳。茨维塔耶娃也给人这种感觉。而我个人更爱艾米莉·狄金森。这个女人，一生又几乎足不出户。茨维塔耶娃、普拉斯这样的女人，你需要承受。狂奔者，过于自我。而慢跑，容易忽略事物的细节。慢跑者，侧重于生理体验，对精神生活缺乏深入持久的追求。一母同胞的两姐妹，《简·爱》的作者夏洛蒂·勃朗特，慢跑；《呼啸山庄》的作者艾米莉·勃朗特，狂奔。

托尔斯泰散步回家，在路边发现一朵牛蒡花。托尔斯泰坚信，这世间，总有一种美好的东西，是暴力无法摧毁的。这种信念，感动过中国作家巴金。

散步者，也许无意间就已经接近了某些不可知之物。

隐者

灯下闲翻明人李日华的《味水轩日记》，卷一记一商贾携四幅元人行卷登门，其中有书画大家赵孟頫的行草绝句，云：“篱外涓涓涧水流，槿花半照夕阳收。欲题名姓知相访，又恐芭蕉不耐秋。”诗是写寻访隐者的，很有韵致，但是从后两句来看，来人没遇到隐者。

寻访隐者，算是古诗中一个常见的题材了。遇与不遇，都是一种风雅行为。但似乎不遇倒更有意思些。遇是一种现实，不遇呢，则成了一种境界。最著名的寻访，当是贾岛的《寻隐者不遇》：“松下问童子，言师采药去。只在此山中，云深不知处。”没寻访到人，结果倒寻访到一个幽缈无际的境界。就连那座山，似乎也想在天地间隐起来了。

关于隐者，周作人的《苦茶随笔》一书中，有《论语小记》一文，其中对此有精辟的论述。周对《论语》中的隐者向来喜欢。他认为中国的隐者都是社会的或政治的，并非超然于世外。周中年后，闲逸的一面增加，也并非就离社会远了吧。至少，他自己不会这么认为。我觉得他关于隐者的论述，也许有几分夫子自道的成分。《论语》中的那几个隐者还比较质朴，后来的，就慢慢理想化、诗意化了。

中国的文人，大都有一些隐逸情结的，甚至像幽忧之疾一般挥之不去。远的不说，像明、清时代的袁中郎、袁子才、郑板桥等，做了一回官，过了一把瘾，感觉不好，辞去。虽谈不上隐（准确地说，应该是退），倒确是很逸。逸出某些秩序和规则之外。

李日华也是如此。他在晚明文人画界的声望很高，又喜欢著述，知识广博，尤精于书画赏鉴。其在西华县令任上，返乡奔母丧，即上疏乞归。他尝自言，愿终身啖白饭羹鱼，饮美酒，啜精茗，家中藏书万卷，石刻千种，长年足不出户，一个俗汉也不见，这样活到七老八十，即是极乐国人。这正是典型的名士态度和士大夫式的隐逸理想。不过太雅了，过犹不及，太雅就不好玩儿了，操作起来也很困难，到后来，往往只能做做样子。也太精致奢侈，对一般人来说，实在可望而不可即。我不讨厌俗汉，因为我自己就是俗汉一枚。如果让我隐，我就隐于世俗阎闾之间，没有人世的喧嚣，但要有人世的细语。有淡淡的红尘味，但又不能太呛。

我对隐者也很喜欢，不仅是《论语》里的隐者。最后不妨玩一下时下流行的时空穿越剧，如果寻访隐者，我愿意寻访谁呢？

传说中的许由有点做作，不近人情，我压根就没有寻访他的念头。那么，隐者的思想领袖庄子呢？他又缺乏亲和力，我更喜欢读他的文章。还是陶渊明最可爱。大家都知道，陶渊明嗜酒，如果寻访他，最好带着酒去。

但上哪儿再去寻找那种叫“魏晋风度”牌子的味道绵长的醇酒去呢？

山色在掌

这个地方叫龙兴掌，在河南云台山后山的半山窝子里，属太行山系。龙兴掌的掌心处，有一座清朝时建造的大院落，现在被改成了一个客栈。这个院落属于北方建筑风格，简洁朴素，敦实大气，没有南方式的那种精巧和繁饰，但大门上的木雕和砖雕也算得上讲究了。2014 年春天，我和一帮驴友，在黄昏时分到过此处，在帐篷里住了一夜，第二天为了赶路，天一亮就匆匆走了。我很喜欢这个地方，总觉意犹未尽。今年春天，我便又独自来住了几天，仿佛了却一段宿缘似的。

顺着前面的山路往西南走，深入下去，据说可以到达云台山景区。但我从没有到景区的念头。满山的新叶和新芽，深绿，浅绿，层叠交错，还未成荫。也有花朵，洁白如雪，极其繁碎。春山好处，空翠烟霏，有仙意。人在其中，似乎可以有某种悠远的期待。院后的大树林子里，有黄檀和乌桕。我很喜欢这两个树名。我觉得黄檀就像一个人的名字，并且是一个有很多故事的女人的名字——并且这个女人三十出头，并且她永远不会超过韶华胜极的三十五岁，并且这个女人的眉眼浅笑间有着一种南方式的敏感和优雅。而乌桕呢，带有幽沉的玄思色彩，这个名字总让我联想到暮晚，带有某种单纯的未知性。——太阳落下了，北方空旷辽远的大地静悄悄的，充满了微风，仿佛走几步，仅仅几步，就能抵达某种神秘的深处。还有一种树，叫盐肤木。这个名字甚是奇特，但也怪怪的。林中还有去年的落叶，踩上去有沧桑感。

春山柔而媚，媚到骨子里，我说的骨，当然是指石头。石头变得有了暖意、润意，仿佛散发出某种清幽的气息。林木的气息、朝露的气息、烟岚的气息，混合成一种特有的气息，比之音乐，是急管繁弦的合奏，只是悄然无息，是一种生机勃勃的静谧。在这涟漪般的无边静谧中，时有山鸟一鸣。山里的鸟鸣，大多不婉转，粗声大气，似乎隐隐含有一丝不安和惊惧，但我听了两天，习惯了，又觉得这叫声憨憨的、笨笨的，甚至有点稚拙，像乐器里的埙，其实极好听的。

我在龙兴掌，龙兴掌在半山里，而山色青翠可掬。

我在房东家搭伙，有天晚饭时，女主人向我推荐散养的土鸡，推荐爆炒辣子鸡丁。我说我尽量吃素，她又向我推荐清炒野芹。野芹比我平时所见的西芹要小很多，叶片稀少，茎梗细瘦，闻上去味道清凉厚重，但炒好吃起来，却难以下咽，太老了，嚼不碎，还太咸了。女主人看我吃得艰难，有点不好意思，赶快开导我：“吃吧，吃吧，野芹就这样，别看不好嚼，就是有营养！”我苦笑着说：“真咸。”女主人实在擅长做思想工作，马上又道：“野芹嘛，就得衬咸。没事没事，渴了多喝点水就行了。”女主人炒的豆腐丝儿倒极好，我每天必吃。她家的豆腐皮儿是自己做的，木柴火，烧地锅，她把豆腐做好后，包上纱布，放在大石块上轧，轧得薄而紧，一大张豆腐皮儿，扯不烂，得撕。地锅做出的豆腐皮儿呈黄褐色，颜色比较深。

我的住处，是二楼靠西的一间小阁，阁顶用稠密粗大的原木铺排而成。天气暖了，开窗而卧，四山横斜，星群无声，直欲低低地压过来。但亦如《金刚经》中所说“如来”之义——如来者，如所来而实未曾来。墙根儿的草丛里，有细小的虫鸣，如砸银。“夜静春山空”，这么大一座山，在一种天人合一的感觉中，是可以变“轻”的。“空”的感觉里，包含着“轻”和“宁静”。中国的山水画，其实画的是一种生命对山水的感觉。这种感觉过于饱满真实的时候，大千世界反倒抽象起来，山水成了一种空灵的“意”和“象”。

夜色纯净，暗，但不是昏，是的，没有一丝浑浊的感觉。山更暗，但准确地说，夜是暗的，山是黑的。山在无边的夜色中变得虚了，变成一个黑黑的影子，物质性的东西被如水的夜色消融了。我突然领悟到，王维这句“夜静春山空”中的“空”字，其实也是一个亘古清幽的“虚”的感觉。没有光阴，也没有岁月，只有山河大地在一个包容万物的心灵中的明澈观照。

早晨，爬山。大露水珠子滴到脖颈上，皮肤一紧，心里也一紧，我不由吃了一惊。但第二次、第三次滴下来时，就无所谓了。饭后，读佛经；午后，读唐诗；黄昏，爬山。阳光照在树林中，微风如梦，也许并没有风，只是一种起风的感觉。不思善，不思恶，澄明如镜。一花一叶，从一种极简洁的存在中，倒能看出一种无限的丰富来。但我有时也想，如果人世的忧乐都消失了，人生的意义也许也就随之而逝了。这未尝不又是一种更深的怅惘。

一天一天，日子平和，倒也极易打发。但这种平和，对我这样的人来说，是容易产生依赖感的。一个星期后，我就下山了。

春日散记

春天情绪冲动，喜怒无常，最近气温最高可达20度，最低则零下4度，大起大落。这两天气温又迅速回升了，我晚上到河堤散步，经过一片樱桃林，发现枝上已经缀满花蕾。花蕾给人一和清洁的童贞之感。

我看到盛大的运动场面，或盛大的仪式场景，看到社会人事居然可以如此宏大热闹，总会情不自禁地感动，深深地感动，甚至会眼角湿润。但我又必须置身事外，才能如此。如果被挟裹其中，我又会感到深深的烦乱。看到盛大的花事，我同样会深深地感动，但又有种疏离感，无法融入其中。

一朵花的开放，常给人一种眼前一亮的感觉。老子、庄子、《山海经》的作者，他们看世界，就经常处于这种感觉之中，因为那时的天地，终究还没有被经验知识分割得支离破碎。他们的感知世界也是完整的，就像一朵新开的花。一朵花的花瓣就算向外全部打开，也仍然会给人一种浑然一体、秩序井然之感。而那些人，他们的生命都有一种辽阔幽远的空间感。庄子提倡“混沌”，也是对生命世界完整的要求和守护。“混沌”不是混浊和模糊，相反，它是一种因完整而呈现出的清晰自足的状态。

后来的人，其感知世界慢慢丧失这种“混沌”状态了。这样固然可以深刻、细腻，但也变得非常琐屑。

有一棵海棠已经开了，海棠开得比樱花早，也比樱花艳，正是一种惊艳。过艳的事物容易给人带来感观上的刺激，这种美能瞬间把人吸引住，但不足之处是这种美容易流于情绪层面，而不是渗入情感深处。倒是那种质朴内敛的美，虽容易被人忽略，但只要沉下心来关注，就能带来更持久的回味。所以，中国审美品格中更被推重的不是绮丽，而是淡雅。所以，海棠虽好，却没有兰花的格高。

说到“回味”一词，倒让我想到近来所读的清人郑珍的诗集——《巢经巢诗抄》。我刚读了一卷，便觉得这是一位在近代被众多读者忽视的诗人。当然，这是和黄景仁、龚自珍等人相比而言的。能看出郑珍的诗主要学杜甫和韩愈，他又有深厚的经学、小学功底，遣词用典时显古奥奇僻。写给表妹黎湘佩的《阑干曲》，却有李贺的影子，而李商隐早期的一些诗歌，比如《燕台诗四首》，也是学李贺的。古时候，表兄妹之间，情感往往很微妙。我认为质朴有味，是郑珍诗歌艺术中最可贵的部分。唐人写得太好，历史的聚光灯已经习惯性地向那儿打，唐代的诗人总是流光溢彩，成为瞩目的焦点。唐代之后的诗人，宋朝的还能抢些风头，其他的则很吃亏。越是大诗人，越吃亏。无论怎么折腾，也不会再得风气之先了。个人有命运，历史也是有命运的。郑珍也吃亏。好在我不吃亏，因为我不写古体诗。

说到“可贵”一词，倒让我想到一个人。我遇事经常有贵人相助。我们一般认为的贵人，总是习惯于从权势和金钱方面认定。其实所谓的贵人，应该是指可贵的人。比如你推车上一个高坡，另一个行路之人顺便帮你搭把劲儿，虽举手之劳，但他（她）对你来说，就是贵人。

早晨，想到一个贵人，近来总是帮我，于是我诵了一遍《金刚经》。

春日又记

玉兰花开了。我本来不大喜欢玉兰，那么大的花瓣，显得生硬，像个硬壳，毫无娴静之气。但看着光秃秃的枝子上，没有叶子，就已经开了那么大的花，也挺神奇，转念又觉得可喜。晚上散步，我居然为这种花写了一首小诗。

三十岁之前，觉得春天还有很多，一天接着一天，人生还很长，一望无际似的，对很多美好的事物，常常会视而不见，轻易就忽略过去了。四十岁之后，就会觉得，春天过一个就会少一个了，未来的日子清晰起来，清晰得简直历历可数，对很多事物（时光、亲情、健康等）也就珍惜起来。人也变得比以前宽和了。张爱玲说过一句有名的话，因为懂得，所以慈悲。但因为死亡，人更能变得慈悲。也正因为死亡，自己才能更多地懂得自己，自己也才能更多地懂得他人、懂得这个世界。看到大街上熙熙攘攘的人群，大家都在忙忙碌碌，其实每个人又何尝不都是正在无可挽回地奔向死亡。想一想就会觉得，生命实在让人悲悯。人生中很多貌似重要的事情，在死亡面前，又算得了什么呢？

和其他作者相比，对社会现实，对历史文化，我表面看来可能缺少批判意识。我觉得批判必须建立在深沉而坚定的爱的基础之上。没有发自内心的宽容和纯粹无私的爱，批判极容易导致仇恨和狭隘。很多时候，我觉得我做不到这点。批判必须是另一种形式的爱，仅仅为批判而批判，说白了，其实是另一种形式的自私。至少，我是这样想的。我曾说过，我更愿意做一个肯定者和赞美者。

我们的教育，很长时间以来，对人性缺乏爱的涵容和滋润，我出生在二十世纪七十年代初，我这一代人，是在阶级斗争的袅袅余音中成长起来的。记得我刚上小学的时候，有一阵子，每到放学，还要在操场上排成队，振臂高呼："打倒'四人帮'！"然后依次列队而行。当然，刚出校门，我们便轰然作鸟兽散。80后、90后，包括我自己正在上高中的孩子，他们接受的都是彻底的实用主义人生观念。

好久没看外国小说了，我前两天看了德国作家赫尔曼·黑塞的《悉达多》，这种自我成长和教育的小说，在我们当代中国，是绝对不可能产生的。这种对自身生命意义的不懈寻找，这种对物质世界的超越精神，和我们的社会价值观念差异太大了，简直是相反的。知识可以传授，但智慧没办法。智慧只能靠自己慢慢领悟。在生活实践中领悟，在是是非非、错综复杂的社会关系中领悟。禅宗里禅师深谙此理。当智慧被表达出来时，那只是关于智慧的知识，并非智慧本身。

对生命存在意义的追寻，也是人类永恒的共同的追寻。人生的幸福，就蕴含在这种超越于物质生活的追寻之中。

夏日随记

夏天，绿荫狂放、恣肆，在长风中轰然欲飞。

今年，我老感觉神思有些滞涩，没以前活跃飞扬了。

我性情简淡，不耐烦琐，喜静不喜动，生活也越来越安于现状了。安于现状，如今可不是一个好事，意味着不思进取。好像在以前也算不得什么好事。顶多可以美其名曰：淡泊。其实，安于现状又有什么不好呢，在一个飞速变化的时代。安于现状，对于一个写作者来说，对世界和生活可以有更多的寻思和回味——日兮月兮，天长地久……但千帆竞进中，你孤舟独横，内心总隐隐有那么一丝说不出的歉意。我的生活和别人的相比，似乎总有什么不对。但仔细想想，也没有什么不对，只不过与别人略有不同罢了。与众不同不是错，甚至标新立异也不是错。可是，我们的社会和文化，一向要求“从众”的。

周作人当年在北京香山的一个寺院里养病，恰逢山中阴雨连绵，看到僧人晾香椿，周给孙伏园写信说：“每从玻璃窗望去，看见廊下摊着湿漉漉的深绿的香椿干，总觉得对于这班和尚们心里很是抱歉似的——虽然下雨并不是我的缘故。”以前以为这只不过是周氏幽默的一种体现。现在才领会到他这种态度的微妙。记得他在别处坐人力车时，也曾说过对人力车夫有一种歉意。这种对世人的歉意，来自于某种恻隐之心。废名撰联赠周作人曰：“微言欣其知之为诲，道心恻于人不胜天。”此联深为周氏所喜。废名不愧为周氏高足，对周氏理解得果然比其他人深刻。我们的文化很丰富，但也很复杂；很成熟，但也很世故；很悠久，但也很衰老；很深邃，但也很压抑。周作人终生神往希腊文明的明净清朗。我近来似乎才慢慢理解他这种心曲。

七八年前的一个夏天，我独自半躺在木头沙发上，读托尔斯泰的《安娜·卡列尼娜》。窗外阳光白灿灿的，石榴树枝上满是古拙釉青的果实，浓荫深处，居然还有二三榴花零星开放，猩红欲燃。我在现实世界和虚构世界之间自由行走，出入无碍。人世如此广阔深远，一切如此鼎盛，有着鲜花着锦般的繁华。

和那时相比，我对自然的感受力明显下降了。那时的我，空灵、清澈，像一个雨后的湖，微风轻拂，便心有所感，波光粼粼，云天徘徊。在那段时间，我写下了一系列情绪饱满，与自然风物有关的文字。那些文字，全凭某种诗性的生命感觉一波一波层层叠叠向前推进。回想起来，那种状态，让人怀念。

有朋友说，读了那么多书，还是找不到任何意义。我告诉她，如果找不到，那就不要找了。但书仍然要读的。你不妨从阅读中去寻找乐趣。寻找乐趣，也许比寻找意义更为重要。阅读的乐趣本身就是一种意义——生活的意义。

今年的蝉声明显稀疏了。最近两三年，大量城郊居民，天落黑便拿着手电筒，到树林里去找蝉，自己吃或五毛钱一个出售。夏天，如果没有蝉鸣，该是如何的寂寥。我喜爱的夏天，是绿荫蔽天、蝉鸣如瀑、清溪似玉、好花碍目。我向往的生活是，粗茶淡饭，乐而忘忧，读书写作，悠游徂岁。

胸无大志，如此而已。

云山烟水，雾影一溪月有梦。昨天有人出此联求对。我试对道：竹屋素琴，梅花半坡风含情。有明清之士的隐逸之气，似乎不是太坏，特附记于此。

牵牛记

我喜欢一个意象，牧童骑牛入桃花，为此还写过几句小诗。当然，这个意象也不算新，属于中国绘画中的一个常见题材。但如果牧童骑牛走进一朵桃花——注意，是一朵——这个意象就匪夷所思了。在艺术世界里，这也不是不可能的事。只不过牧童和牛需要无限变小，而桃花则需要无限变大。也就是说，一种纯物质性的事物需要被抽象、被变形、被赋予新的生命——一个世界需要被重新创造。

老子出关，骑青牛。思想家本来就不应该骑马，骑牛最合适，尤其是农耕文化里的思想家。晋人喜欢谈玄论道，晋人也喜欢骑牛，有名士风度。和尚行脚，诗人骑驴，官员坐轿。老子出关时，老透气了。传说老子生下来，就七十多了。这个传说并非空穴来风——我读《道德经》，有一种感觉：这个人从来就没有年轻过。牛走得慢，不颠，四平八稳，宜于老人，宜于思考。中国的思想家，都给人一种很老的感觉。智慧和昏聩天生属于老年。

如果老子生活在明朝，说不定会写《金瓶梅》。

《枕草子》里写过一件有意思的事，即月夜渡河。牛在水里走，每一举步，水花飞溅，映着月光，如敲碎了水晶。女人看世界，果然细致、感性。这水当然是浅水。《诗经》里的过河则随遇而安，是“深则厉，浅则揭”，意思是水深了，穿着衣服过去，水浅了，提着衣裳过去。女人过河，总是很美。

《庄子·秋水》中说：“两涘渚崖之间，不辨牛马。”如此看世界，很好，浑然一体。如果再远些，庄子的眼光便变成了达摩的眼光，那么，世界便廓然无物。在一种境界里，牛头不对马嘴。在另一种境界里，牛和马没有区别。

古代的祭祀中，牛为太牢，是一种牺牲品，是农耕时代的主力。到了工业时代，牛变成了肉食品。它的象征及内涵已被彻底抽空。它的命运注定如此。

《博物志》里那个乘槎远去的人，曾见牛郎牵牛饮于银河岸边。我喜欢这个故事。我虽不懂平仄，但也写了几句类似古诗的东西——枝疏风清秋村里，亦曾畅饮银河水。无边烟云经眼过，人间天上本一体。

秋凉记

立秋后，天气就慢慢凉下来了。晌午顶儿，还会热那么一阵子，俗称“秋老虎”。但这种热，有点钝、挫、糙，盛夏时那种剑走偏锋式的锐利不见了。

蝉声稀了，蛩声稠了，稠得似乎密不透风，像一大块雪青色的绸子。不过，如果细细听去，还是能听出某种破绽。从破绽中透出一丝清寂的东西。破绽越来越大，变成一个一个撕裂的大口子。蛩声也稀了，“绸子”变得褴褛。后来，只剩下一条一条声音的长条儿，雪青色变成烟灰色，在枝头挂着，飘来飘去，细细的，欲断还连，仿佛很渺远。

早晨上班，我特意穿过太中校园，到那个荷塘看看。春天，荷叶刚长出来，贴着水，圆圆的，像一张张唱片，就是过去留声机上放的那种，在反映三十年代上海滩的影视中，经常能看到。穿旗袍的女人，花样年华，在灯红酒绿中，长身挺立，曼声歌唱春天和玫瑰。唱片急速地转呀转，一圈又一圈，一圈又一圈，总给人一种身不由己的感觉。现在，荷叶高出水面很多，倾侧着。叶面仍然苍绿，叶沿却枯得斑斑点点，极为触目。

有些事物，会给我某种秋天的感觉，真是莫明其妙。比如，一本书，《桃花扇》；比如，一个诗人，韦庄；比如，一个地名，十八里铺；比如，一个行政单位，生产队；比如，一个城市，南京；比如，一个时代，晚唐。

李商隐实际上是一个艺术风格非常丰富的人。但他给我的感觉却是绮丽顽艳的，呈现出一种仲春式的繁华迷离。这是由于他的无题诗在我的少年时代，给我留下的印象过于深刻的缘故。我前几天闲翻他的诗集，看到一句“八马虚追落日行”，却给我一种秋天的感觉。八匹骏马，蹄声如雷，气势磅礴，向着硕大无朋的火红落日，急急追去。然而，又是追不上的。这里面，隐隐透出一种人生的不甘和无奈。对于那种注定要消失的美好事物，挽留，不舍，紧紧抓住不放。所以，还是追，一定要追——对绝对性的挑战，也许是一种永恒的生命美学。

还有哪些秋天的作家和诗人呢？萧红、张爱玲、樋口一叶、契诃夫、松尾芭蕉、张祜、姜夔、晚年的杜甫和王安石……

日落之后，露水很大。秋天的气息和夏天的气息明显不一样。夏天的气息是上升的、活泼的、热烈的，像一曲交响乐，很细微，又很复杂。秋天的气息则是下降的、沉潜的、内敛的，像一缕箫声，很细微，又很单纯。夏天的黄昏很长、很大，似乎始终离你很近，像一张摊开的软席，可以摊手摊脚地躺在上面；秋天的黄昏则慢慢变小了，仿佛离你很远，远得像一盏昏黄的灯，带着大大的模糊的光晕，风一吹，轻轻晃动。

父亲说，上了六十，一年一年，就老得快了。

秋风凉了，父母的衣服加厚了。望着他们日渐增多的白发，迟缓下来的动作举止，我会隐隐有一丝愧疚感。我想替他们衰老，但又不能。

有很多人，在我们的生命中存在着。我们最初从来没想过他们会老。日复一日，他们也没见有什么变化，一切都好像天长地久似的。但不知不觉，他们居然很快就老了。他们的衰老里，有某些我们不忍心，也不太愿意正视的东西。

很多普通平淡的经历，想一想，都成了有意味的故事。生命如花，岁月如流。

哀愁记

川端康成有部小说，叫《美丽与哀愁》。

美丽与哀愁，也可以概括川端康成的整体文学风格，细腻、敏感、女性化。二十来岁时，川端康成的汉语译文，我几乎都读过。有的还反复读过。去年，我又读了一遍《雪国》和《山音》。《雪国》已经不太能打动我了。但我依然喜欢《山音》。

从审美的角度来看，哀愁是美丽的，所以也可以是诗意的。朋友李商雨写过两首婉约的小诗，名字就叫《哀愁》。他说："穿绿衣的人，是哀愁的。在夜雨里点灯的人是哀愁的。"那么，在凌晨一点写诗的人，也会有种淡淡的哀愁吧。

想一想，还有什么是哀愁的？哦，春雨绵绵，一扇虚掩的木门是哀愁的。暮色初降，儿时的冬日小村是哀愁的。一个秋天的椅子、一双被丢弃的鞋子、一把走失的镰刀、一辆破旧的自行车、一个褪色的发夹、一个发黄的日记本……也许是哀愁的……一个古典的秋千架，像个岁月的钟摆，歌台舞榭间，荡一下，是春；再荡一下，却是秋了。荡一下，是唐；再荡一下，已经是宋了。它被雨水打湿，静静停在那儿的时候，也显出几分哀愁的样子吗？生命依然年轻美丽，永远像一个天真活泼的少女，但历史却如此苍老，白发垂垂如雪。

二十世纪八十年代，一个十六七岁的男孩是容易哀愁的。他喜欢在一个黄昏的池塘边发呆，喜欢在一条两边长满白杨的煤屑路上漫步。那时，他独自生活，在一个举目无亲的小县城求学。他写诗，幻想爱情，刻苦学习，想急于投入一个广阔的世界，但又忐忑不安。

对了，他还偷偷喜欢过房东的妹妹——她经常到她哥哥家玩。房东四十多岁，四方大脸，胡子拉碴，开大货车。他老婆娇小玲珑，很清秀。房东经常不在家，但在家时却喜欢和老婆吵嘴。他们也不是真吵，有几分打情骂俏的意思。他们院子向西的地方，一拉溜盖着几间小平房，都租给学生住。

有天黄昏，周日，房东的妹妹又到她哥哥家。男孩在窗子后听到她清脆的说笑声。他的窗子没有窗帘，玻璃上糊了一层白纸，透过纸张间的缝隙，他只看到她身上穿的橙黑相间的田字格翻领平绒外衣，却没有勇气从房子里走出来。天气清冷，西风残照中，那件外衣给他一种极其温暖的感觉。他过于羞涩，又过于自尊。他感到有一种美好，近在咫尺，却又遥不可及。那一刻，他有一种说不出的哀愁。

如今，这个男孩已步入中年，这个世界和他当初想象的完全不同。它既不是一个花园，也不是一个沙漠。它就是那么一个怎么形容都形容得不太准确的东西。有时，他甚至懒得理它。在这样一个世界里面，很多事情都是扯淡。它们看似很美丽，其实却丑陋；看似很丰富，实际却无聊。他不再哀愁。他只是写下这篇与哀愁有关的文字。

留白

庄子也有近理不近情之时，如妻死鼓缶而歌，有着比佛教更为彻底的弃绝，他在这一点上，已经到了不亲切的地步。

然而，我还是喜欢庄子的。在他那儿，有着巨大的留白。庄子喜欢生活在自己的留白里。你甚至分不清他的世界哪儿是实的，哪儿是虚的，界限消失了。他无为时，可以是一只蝴蝶，悠悠飞过樊篱，停在一朵花上。而在他无不为的时候，这只蝴蝶很可能一下子就变成了一只扶摇直上的鲲鹏。庄子的世界并不宁静，仿佛随时会有一阵风，突起不意地起于青萍之末，众声喧哗，万籁齐鸣。

在孔子那儿，也并非满满实实的，也有很多透亮空疏的地方。他赞成曾皙的“浴乎沂，风乎舞雩，咏而归”。有逸情，才能与天地自然不隔。孔子整个人是春风浩荡、天清地旷的，而后来的儒生，则偏偏变得机械无趣了，从头到脚都一丝不苟。春风变成了春雨，春雨变成了春泥，春泥变成了泥塑，终于——不好玩了，既呆板又狭隘。

人生的一切，都要求满满的、实实的，没有清通之气，有堵塞感，而不是充实感，会活得很累。

没有余闲，当然也就没有余裕，没有闲情。有时连那一点闲愁，也是优雅的，美丽的。

“行到水穷处，坐看云起时”，这里有留白。如果没有留白，行到水穷处，便很可能一头碰到壁上，或悻悻而返，或穷途而哭。相比之下，晋人的乘兴而来，兴尽而返，虽洒脱，还是有了几分刻意，缺少那么一点余味。“行到水穷处，坐看云起时”，有逸兴，却没有一点沾滞之感。这种人生，似乎没有目的性，却没有丝毫迷失和盲目。

汪曾祺送给女作家宗璞一幅画，题诗：“人间存一角，聊放侧枝花。”据说宗璞的父亲冯友兰见此诗，非常欣赏。

天既生万物，便处处给万物留有余地。

在世界上不经意间留下一个默默无闻的小角落，慢慢地，却开出花来。

一个价值观念一元的世界，高度物化，寸土寸金，没有一点余地紧绷绷的，干巴巴的。没有一丛丛心灵上的闲花幽草，这样的世界，其实才真正称得上荒芜。

《红楼梦》有留白，《金瓶梅》就太实了。尽管呼啦啦大厦倾，

《红楼梦》给人的感觉是仍可以手卷真珠上玉楼；《金瓶梅》即便最后获得了一个佛教的解脱和出路，给人的感觉却依然是重重帘幕密遮灯。

《红楼梦》的最后，落了一片白茫茫大地真干净，留白变成了空无。然而，这种空无虽然巨大得让人感到凛冽不安的地步，却仍不是一个彻底的否定，而是一个混沌初开。孔子与子夏论诗，子曰："绘事后素。"先要有白色的底子，才能画出新的风景来。如果有春回人间的大手笔，白茫茫的大地上，仍会杂花生树，群莺乱飞。

杨诚斋漫步乡野，吟诗道："青天何处了，白鸟入空无。"

空无处不是寂然一片，而是另有境界。无边无际的空无中，隐隐落下一两滴亮闪闪的鸟鸣，世界其实格外生机盎然、耐人寻味。

元人绘画中的某条鱼儿，因为有了留白，它所生活的方寸之地便变大了，烟波浩淼，仿佛整个世界都是它的。

理解

1933 年 9 月，沈从文与张兆和在北京结婚。1934 年 1 月，沈自京返湘西老家探母。这些信便写于此行之时。沈的文字拉杂、拽，稍显毛糙，可是却有一种奇异的力量，反而形成了一种拙攫的风格。自发式成长的天才作家往往如此。萧红也是。

这些书信，是散文，也是情书。他喊她“三三”，她喊他“二哥”。山长水远，一路思念、牵挂。对于她，他有一个著名的诗意的表白，“我行过许多地方的桥，看过许多次数的云，喝过许多种类的酒，却只爱过一个正当最好年龄的人”。实际上，沈、张订婚之后，沈的感情世界里曾出现过一个高姓女人。后来，情势所迫，他们只得分手。沈的小说《灯》中，有她隐约的影子。据说，沈在昆明期间，沈和那个高姓女子，一度又藕断丝连。

后来，沈从文和张兆和因政治分歧，有段时间似乎出现了感情危机。这真让人悲哀。也是那个时代的普遍性的悲哀——政治高于人伦，大于人性。他们分居。沈独自生活，孤立无援。“文化大革命”中，沈自杀未遂。关于沈创作生命的转变及他在“文化大革命”中的遭遇，是个极复杂的事情。现实的、文化的、自身性格的。但有一点，我们只有扪心自问、设身处地地去思考，才有免于肤浅和偏狭的可能。站在高山之上，去寻找比高山更高的优越感，是可笑的。但人们往往不自觉便会如此。我曾说过，谁把自身置于一个至高无上的危险境地，谁才有权去评判。

沈从文对于出身名门的张兆和，内心里一直有一种“乡下人”的自卑。他谦卑地爱着她。而对于沈从文的内心世界，张兆和并不能全部理解。但话又说回来，这世上，又有谁能全部理解另一个人呢？

沈需要的婚姻是一盏灯，映照式的。张需要的婚姻是一个棉被，包容式的。但他们似乎并不能相互给予。

沈从文去世后，张兆和整理沈的文稿，慢慢意识到沈的可贵。关于他们的婚姻，她说得比较耐人寻味，也比较真实。她说：“从文同我相处，这一生，究竟是幸福还是不幸？得不到回答。我不理解他，不完全理解他。后来逐渐有了些理解，但是，真正懂得他的为人，懂得他一生承受的重压，是在整理编选他遗稿的现在。过去不知道的，现在知道了；过去不明白的，现在明白了。他不是完人，却是个稀有的善良的人。”

好在她终于理解了他，尽管是在他死后。比之于徐志摩和陆小曼、郁达夫和王映霞，他们白头偕老，终究算是幸福的。

日记

有年冬天，我腰椎间盘突出，半躺在床上，看了很多日记。外国的，有梭罗的、卡夫卡的、纪德的。我对梭罗日记没大印象了，好像是草稿式的、片段式的《瓦尔登湖》。卡夫卡日记执着于精神的自我追问，纪德日记偏重于心灵的艺术沉思。

中国的比较多。鲁迅日记就是生活流水账，很少有个人情绪流露。但偶尔一现，倒让人印象深刻。如1913年5月5日的一则："下午同许季市往崇效寺观牡丹，已颇阑珊，又见恶客纵酒，寺僧又时来周旋，皆极可厌。"寥寥数语，世态人情、作者个性，皆跃然纸上。"濯足"一词，在鲁迅晚年的日记中频现，此词颇有歧义，有人认为是性事的隐语。我留意了一下，此词在同年4月23日始现。而这时，鲁迅孤身在京，朱安仍在绍兴……算了，别多想。

还是赶紧打住这庸俗的八卦心理。也许是农耕文化的潜意识显现，中国人的日记喜欢记载天气变化。最典型的有宋人吕祖谦的《庚子辛丑日记》，通篇都是阴晴冷暖、风云雨雪，可作气象记录来看。鲁迅日记也颇关注天气变化，里面常见到“风”“夜风”“大风”字样，让人感到北京的风好大啊。仿佛一座巨大的古城，荒荒的，除了满满的风，什么也没有。写作《狂人日记》和《阿Q正传》之前的鲁迅，抄古碑，校典籍，逛琉璃厂，大量购买旧书，寂然度日。

黄庭坚的《宜州家乘》和陆游的《入蜀记》，我已经为此写过两则小文。袁中道的《游居柿录》，我个人觉得要比其兄袁中郎的游记自然、耐看。唐人孟浩然也曾买舟远游，可惜唐人还不喜欢记日记，孟浩然的游况，只是浓缩性地反映在诗里。晚明的那帮子文人雅士，个个都活成了精儿，艺术修养精妙入微，且泛然融入于一瓶一几、一字一画、一花一叶、一饮一啄。李日华的《味水轩日记》，文人生活，神仙境界。但我对晚明那些文人总有一点距离感，觉得还是北宋那些文人和自己更为亲近些。叶绍袁的《甲行日注》，杜鹃啼血，声声是亡国之恨。山河巨变、改朝换代之际（宋元之际、明清之际），那些具有文化使命感的文人真苦。这种苦是肝肠寸断、撕心裂肺之苦，苦到极处，苦不堪言，他们便遁入空门。陈寅恪指出，明遗民削发入山，有政治因素存在。冬夜肃静，群星璀璨，读罢此书，心事浩茫。风从窗外吹过，树枝微微晃动，仿佛不是从远处吹来的，而是从岁月深处吹来的，是几千年绵绵不绝的岁月。风如果会变老，当然也早就该须发皤然了。

后来，我又收集了一些日记，宋人的、元人的、金人的近当代的，却没心情去看了，束之高阁。有天晚上，散步至一旧书摊，我还买到一本施蛰存的《闲寂日记》影印本，字迹隽秀。我自己近年也写日记。黑皮日记本，鲁迅式的流水账。我女儿有天抱着猎奇心理偷偷翻了翻，看后哈哈大笑，一无所得。她说，原来爸爸的生活是一杯白开水。

小札

传统的天人合一的感觉，“五四”以后被切断了，至少变得支离破碎了。这也是一种必然。从宋元山水画中可以直观看到，人把自己“缩小”，融入自然，甚至变成了一个虚虚的影子。但人并非因此而变小了、弱小、狭了。恰恰相反，人是大的、丰盈的。“纵浪大化中”，人的生命因融入一个无限的丰富，从而自身也变得无限丰富，人是作为自然存在的一个整体，而不是自我孤立出来的看似强大实则脆弱的一部分。人的生命感觉是开阔的、通透的。人的生活处境可能是困顿的、窘迫的，但人的生命感觉却依然可以明亮丰富。

“秾艳一枝细看取，芳心千重似束”，古人看一枝石榴花的感觉，也只能是古人的感觉，人与花之间不隔，亦花亦人，亦人亦花，不仅是审美的，也是共情的，有一种生命和生命间心贴心的理解和生生不息的流通。现代人的感觉虽然精细（甚至精细到尖锐和琐碎的地步），但往往也失之精细，是一个过于自我的主体对另一个客观存在的主体的审视和窥测，充其量有一种礼貌和客气，却不能做到无间然。即使多情，也给人一种自作多情的感觉，即使有一瞬间的心心相印，也没有那种天长地久的共生之感。这是因为，现代人的心灵，失去了一个大的无限的依托。

而一枝花呢，它其实也不仅仅只是一枝花，它也不是一个孤立的存在，它带有整个天地自然的气息。一叶落而知天下秋，一朵梅花，可以透露整个春天的气息。寂寞感是人类恒久共有的，但孤独感似乎是到了现代人这儿才变得更加强烈的。当人从一个丰富的整体存在中自我疏离出来后，自我认知虽然变得清晰，但孤独感也就出现了，尤其在一个没有宗教意识的国度。古诗词里的思妇，其实是寂寞，而不是孤独。寂寞是情感上的，孤独是精神上的。古诗词里思妇的寂寞，其实也是士大夫自身寂寞的一种投射。但寂寞有时是一种情感的过剩，所以寂寞也可以是美好的。

我曾在在九华山半山腰小住，一日午后，临窗闲翻画册，看到一幅石涛的《榴花图》，红花数朵，并没有那种物质性的艳丽，却生机盎然，尤其是那些支支棱棱的叶子，仿佛风一吹就动。要知道石涛身为皇家后裔，儿时经历巨变，削发为僧，始得存活下来，是心藏大痛之人，但他笔下的一枝一叶，却可以依然处处透出鲜活之气来。《石头记》甲辰本眉批，引古语，“一花一石如有意，不语不笑能留人”，正因有这种万物共情之感，才避免了文人心底容易生发的枯寂和荒寒。

“桃之夭夭，灼灼其华”，是兴，也是一个感。单纯、明丽，这个“感”，还不带太大修饰，几乎是素面朝天的，还没有太过于人文化。上古的感觉，极其清新，清新似水，但极广，而不是深，深容易阴冷。快乐即是快乐，悲伤即是悲伤，明明白白，很直接，不需要在心底藏着掖着。但桃花在阳光下开得那么热烈鲜艳，一个人幸福了，他（她）的幸福那么大，仿佛整个世界都幸福了，岁月悠悠，人世无尽，仿佛整个世界一时都开满了花朵。